NOTICE

BIOGRAPHIQUE ET LITTÉRAIRE

SUR

LES DEUX PORÉE,

PAR M. ALLEAUME,

ANCIEN ÉLÈVE DE L'ÉCOLE DES CHARTES, AVOCAT A LA COUR IMPÉRIALE
DE PARIS.

(Ouvrage couronné par l'Académie des sciences, arts et belles-lettres de Caen, dans sa
séance publique du 24 novembre 1853.)

CAEN,

CHEZ A. HARDEL, IMPRIMEUR DE L'ACADÉMIE

ET DES SOCIÉTÉS SAVANTES.

1854.

NOTICE

BIOGRAPHIQUE ET LITTÉRAIRE

SUR

LES DEUX PORÉE.

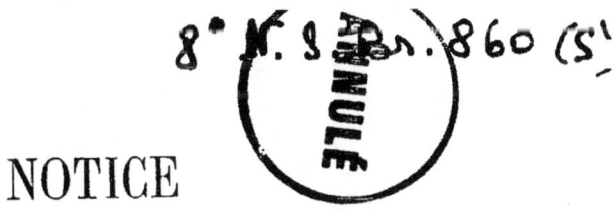

NOTICE

BIOGRAPHIQUE ET LITTÉRAIRE

SUR

LES DEUX PORÉE,

PAR M. ALLEAUME,

ANCIEN ÉLÈVE DE L'ÉCOLE DES CHARTES, AVOCAT A LA COUR IMPERIALE
DE PARIS.

———

(Ouvrage couronné par l'Académie des sciences, arts et belles-lettres de Caen, dans sa
séance publique du 24 novembre 1853.)

CAEN,

CHEZ A. HARDEL, IMPRIMEUR DE L'ACADÉMIE
ET DES SOCIÉTÉS SAVANTES.

—

1854.

NOTICE

BIOGRAPHIQUE ET LITTÉRAIRE

SUR

LES DEUX PORÉE.

La vie des deux Porée et l'étude de leurs ouvrages
sont intéressantes sous plus d'un rapport. Elles peuvent
contribuer à faire connaître une époque et des mœurs
qui diffèrent chaque jour davantage de l'époque et des
mœurs actuelles. Éducation de la famille, instruction
classique, idées religieuses, usages, tout a changé, et
il n'y a pas lieu peut-être de se féliciter de tous ces
changements, surtout sous le rapport de l'éducation.
Ces contrastes méritent de fixer l'attention de l'obser-
vateur, et l'histoire littéraire doit mentionner des ouvrages trop peu lus aujourd'hui, sans doute à cause de
la langue dans laquelle ils ont été écrits. Le nom du
père Porée éveille tout de suite le souvenir de Voltaire

qui semble planer sur tout le XVIIIᵉ. siècle, et le nom
de l'abbé Porée, moins connu, quoique digne de l'être,
emprunte un modeste éclat à la gloire de Fénelon.

Le père Porée et l'abbé Porée étaient normands;
ils avaient l'esprit du terroir, esprit fin, délicat, et
raisonneur en même temps. Ils appartenaient à
cette haute bourgeoisie qui s'était élevée, enrichie
patiemment, où un grand bon sens traditionnel se joignait à la simplicité des mœurs et des habitudes. Dans
ces familles, un intérieur calme et régulier, une cer-
taine austérité tempérée de douceur, entouraient les
enfants comme d'une atmosphère saine et féconde où
ils puisaient des enseignements de bonheur pour toute
la vie. La Révolution française n'a pas respecté ces
leçons du foyer paternel. Aujourd'hui les enfants ont
hâte de vivre de leur vie propre, comme s'ils avaient
tout à recommencer dans le monde, comme si tous,
de bonne heure, ils étaient orphelins. On sent à chaque
page, dans les ouvrages des deux Porée, cette influence
de l'éducation première : le père Porée a certainement dû à ces inspirations de la famille le sentiment
si sûr et si vrai qui l'a guidé dans l'instruction de la
jeunesse. C'est sans doute un souvenir de ces rapides
années dont la mémoire parfume toute la vie, qui a
fait naître ce gracieux tableau : « Oui, j'ai été jeune
« et je me suis abandonné à tous les plaisirs de la jeu-
« nesse, sous le regard bienveillant de mon père ;
« lui-même il nous engageait à nous livrer à nos jeux
« le soir, après dîner.... lui-même, avant le jeu, dis-
« tribuait à chacun de nous sa petite somme. Alors,
« sœurs et frères, chacun de nous jetait le dé à son

« tour. Quand le hasard amenait un des joueurs dans
« le puits ou au cabaret, c'étaient des rires ! — Mais
« ils n'offensaient personne. Notre bon père lui-même,
« attentif à chaque coup, se mêlait de temps à autre
« à notre jeu. — Holà ! mon enfant, disait-il à celui-ci,
« vous allez bien souvent au cabaret ; prenez garde
« d'y trop rester et d'y manger tout votre bien ! — Holà,
« ma fille, disait-il à celle-là, sortez bien vite du la-
« byrinthe et faites en sorte de ne pas retomber dans
« un piège plus dangereux ! Ainsi nous savions jouer
« entre nous, sans ennui, sans dommage, et puis
« chacun de nous se retirait, en paix avec lui-même
« et avec les autres (1). »

Les deux Porée appartenaient à « une famille hon-
« nête et bien alliée (2). » C'était le style de l'époque,

---

(1) Misoponus, acte 3. Traduction de M. J. Janin, *Théâtre Européen*, 1835.

(2) Mémoires de Trévoux, mars 1741. — C. Porée, *Tragœdiæ*,
editæ op. P. C. Griffet, *Præfatio.*

Ils étaient fils de Thomas Porée, sieur du Buisson, lieutenant au
régiment de cavalerie du Maine, et d'Anne Challemel, de la paroisse de la Ferté-Macé.

Cela résulte du contrat de mariage de « Jacques de la Mellière,
« écuyer, sieur de Launay, fils et unique héritier de défunt Fran-
« çois de la Mellière, écuyer, sieur de Launay, et de défunte da-
« moiselle Françoise de Pillois, ses père et mère, de la paroisse de
« la Ferté-Macé, accordé, le 25 déc. 1721, avec damoiselle Anne
« Porée, » sœur du père et de l'abbé Porée.

Ce contrat a été passé à la Ferté-Macé, devant François du Pont,
notaire royal, le 25 décembre 1721.

L'auteur de ce mémoire est petit-fils, par sa mère, d'une demoiselle de la Mellière, dame Saulnier de Cugnon, petite-fille elle-même

et on se souvient de ce qu'on entendait sous l'ancien
régime par le mot « honnête homme. »

Charles Porée naquit le 4 septembre 1675 , dans la
paroisse de Vendes, près de Caen ; Charles-Gabriel naquit dix ans plus tard, en 1685. Cette différence d'âge
a dû contribuer à l'influence très-grande que le père
Porée exerça bien certainement sur l'esprit de son
frère. Du reste, une grande analogie paraît avoir existé
entre leurs caractères ; si l'abbé se distingue par
quelque chose de plus mondain, les comédies du père
Porée nous fourniront un point de comparaison, et
nous reconnaîtrons bientôt « cet air de famille, » dont
parlait avec raison M. de Fontette (1). Les deux frères
ont beaucoup de traits communs : l'éducation première, l'esprit d'observation et le génie comique. Les

de Jacques de la Mellière et d'Anne Porée. Le père et l'abbé Porée
avaient un frère, Augustin-Charles Porée, sieur du Buisson, greffier
aux bailliage et siége présidial d'Alençon ; il fut marié, et Marie-
Anne Porée, épouse de M. Michel-Gabriel Bourlier, sieur du Parc,
aussi greffier audit bailliage, était sans doute sa fille ; elle épousa
Michel Bourlier, en 1741. Augustin-Charles Porée mourut en 1777,
et la dame de la Mellière était sa seule héritière.

MM. Lair sont également petits-neveux du père et de l'abbé Porée.

Les la Mellière étaient, au XIVe. siècle, vassaux des rois de
France ; ils tenaient en foi et hommage divers fiefs dans les paroisses
de Maigny, de Briouze et du Mesnil, le fief du Teilleul qui était un
huitième de fief de haubert, et ils possédaient le lieu et manoir
seigneurial de St.-Morice, par suite de leur association pour la
douzième partie de la « baronie et provosté de la Ferté-Macé. »

Armes : d'argent, à trois molettes de sable, 2 et 1, à la bordure
de gueules, chargée de huit besans d'argent posés en orle.

Devise : *Christus vincit , regnat.*

(1) Mémoires de l'Académie des Belles-Lettres de Caen, 1754.

romans de l'abbé, les comédies du jésuite peignent
les mœurs de l'époque; leurs ouvrages nous serviront
à apprécier l'état des esprits en matière religieuse.
Dans le père Porée, nous trouverons deux hommes, le
jésuite, professant pour la Société, prenant la plume
contre Grenan; l'homme, le chrétien, ne cédant pour
publier ses harangues qu'aux ordres de ses supérieurs,
constamment en lutte avec lui-même et sacrifiant sa
vocation littéraire à sa vocation religieuse. La vie de
l'abbé nous paraîtra plus unie, et les modestes fonctions du curé de Louvigny s'accorderont avec les travaux de l'académicien de Caen.

Les deux Porée étaient doués d'une imagination
vive, et celle de l'aîné se tourna de bonne heure vers
les idées religieuses. Après avoir fait d'excellentes
études au collége du Mont, à Caen, il entra dans la
Compagnie de Jésus à l'âge de dix-sept ans, le 8 septembre 1692; il se destinait aux missions. Deux années de noviciat augmentèrent encore sa ferveur; mais
l'esprit religieux ne présidait pas seul à ce noviciat;
de fortes études étaient les préliminaires de l'admission
dans la Société, et Porée consacra une année à repasser
ses études d'humanités. En 1695, il fut envoyé à Rennes,
puis à Rouen, suivant le P. de la Sante (1), pour y

(1) . . . « quem
« Post Rhedonas et Rothomagum
« Lutetia
. . . .
« Docentem audiit. . . . . . »
(Épitaphe du P. Porée).
C'est à Rennes que Porée prononça son premier discours, en

commencer son cours de régence. Porée était naturel-
lement éloquent; les supérieurs reconnurent bien vite
ses dispositions et le chargèrent de la rhétorique.
L'année suivante, il fut rappelé à Paris pour se pré-
parer à entrer dans les ordres sacrés. On lui confia
« une nombreuse chambre de pensionnaires. » Les
Jésuites étaient en possession d'élever une grande partie
de la noblesse soit d'épée, soit de robe, et, suivant
la remarque mordante d'un contemporain janséniste,
au sujet des représentations du collége de Louis-le-
Grand, « il était certain qu'ils avaient de plus grands
« acteurs à former. » Mais la supériorité des Jésuites,
comme corps enseignant, était incontestable.

La Société formait une milice habilement choisie,
dans laquelle tous les talents, dressés en quelque sorte
pour la lutte, étaient mis en œuvre avec un discerne-
ment exquis. Chacun avait sa place marquée, et la
place qui lui convenait pour le plus grand avantage
du corps. Élever une génération, c'est s'en rendre
maître, et les Jésuites se croyaient maîtres de ces gé-
nérations qu'ils avaient élevées avec un art et un soin
infinis. De là un choix de professeurs tout-à-fait remarquables, et parmi eux le professeur de rhétorique était
le plus important. Il achevait l'œuvre commencée; il
donnait la dernière empreinte à ces jeunes esprits dont
le monde allait s'emparer. C'est ainsi que Porée, après
avoir achevé ses études de théologie, après avoir dé-
buté avec succès dans la chaire, devint, en 1708,

1699 : « Quæ debeant esse vota Galliæ, pro seculo proxime
futuro. »

malgré son zèle de missionnaire, et par l'ordre de
ses supérieurs, le collègue du P. Le Jay dans la chaire
de rhétorique, et le digne successeur des Pétau, des
Cossart, des La Rue, des Jouvenci.

Porée consacra à l'éducation de la jeunesse cette
même ardeur qui l'aurait porté à verser son sang pour
la conversion des infidèles. Il se dévoua à ses devoirs
de professeur; ils devinrent pour lui « un apostolat,
« par lequel il cherchait à se dédommager de celui
« auquel on l'avait obligé de renoncer (1). » La méthode du père Porée consistait dans un heureux mélange d'enseignement moral et littéraire; l'éducation
et l'instruction, trop souvent séparées, se donnaient
toujours la main dans ce système si simple en appa-
rence et trop rarement appliqué. Le père Porée s'adres-
sait toujours au cœur de ses élèves; mais il avait dans
son cœur une source féconde d'émotions qu'il commu-
niquait à son auditoire. Aujourd'hui la règle stricte et
minutieusement appliquée remplace le sentiment que
le maître devrait inspirer au disciple. De là un ordre
tout extérieur, une régularité toute factice, et la dis-
simulation dans l'esprit de l'enfant. Cet enseignement
était avant tout religieux : l'idée de Dieu en était la
base. A cette idée venaient se rattacher tous les principes qui président à la vie de l'honnête homme
et du chrétien (2).

(1) Mémoires de Trévoux, déjà cités.
(2) . . . « Il leur parlait sur tout cela avec tant de dignité,
« avec une effusion de cœur si naturelle, d'un ton si pathétique et
« si touchant, nous dirions presque si inspiré, que, persuadés d'ail-

Le père Porée ne mettait pas moins de soins à cultiver les dispositions de ses élèves. Il apportait une inépuisable fécondité dans la composition des matières qu'il leur dictait ; il s'attachait à développer les talents qui se révélaient dans leur travail de chaque jour. Ces matières comprenaient des déclamations, des fables et des poésies morales, en français et en latin. Le recueil, qui était considérable, n'a jamais été publié. Le père Porée excellait surtout dans des plaidoyers ou jeux académiques en français, comme les appelle le père Brumoy ; ce genre d'exercices avait été institué par le père Le Jay. Le père Porée, en donnant à ses élèves le dessein et le plan de ces plaidoyers, les accommodait à l'âge et à la qualité de ses jeunes orateurs. Il tenait compte de la position qu'ils devaient occuper, des occasions où ils pouvaient se trouver plus tard, et il leur faisait prendre le style et le ton appropriés à ces circonstances. Les élèves perdaient ainsi cet air gauche et emprunté que l'on contracte trop souvent sur les bancs de l'école, et ils acquéraient de bonne heure l'usage du monde.

Les drames du collège de Louis-le-Grand avaient le

« leurs qu'il ne leur disait rien dont il ne fût lui-même pénétré,
« ils le quittaient rarement sans être touchés jusqu'au fond de l'âme,
« et souvent on les voyait attendris jusqu'aux larmes. C'est sur quoi
« nous ne craignons point d'en appeler au témoignage d'un grand
« nombre de personnes qui tiennent aujourd'hui les premiers rangs
« dans l'Église et dans l'État. » (Mémoires de Trévoux.)

Faut-il parler du revers de la médaille, des cuistres, ces dignes précurseurs des maîtres d'études ? Damiens avait été cuistre au collège des Jésuites, « collège », dit Voltaire, « où j'ai vu quelquefois les écoliers donner des coups de canif, et les cuistres leur en rendre. »

même but, et la méthode du père Porée était la même.
Ces représentations dans les colléges des Jésuites re-
montaient aux années 1655-1656. Elles venaient clore
l'année scolaire et attiraient de nombreux spectateurs,
un public d'élite, composé de dignitaires de l'Église,
de gens de cour, d'hommes de lettres. Aux pièces
chrétiennes succédèrent bientôt les sujets classiques,
et même des sujets tirés de notre histoire nationale. Le
goût des spectacles s'était répandu de plus en plus, et
les Jésuites s'étaient conformés à ce goût du siècle, que
le Jansénisme censurait avec amertume. « Le *Ratio
Studiorum* » autorisait ces représentations (1).

A l'époque dont nous nous occupons, elles avaient
lieu surtout sur le petit théâtre du collége de Louis-le-
Grand, et c'est là que furent jouées d'abord plusieurs
tragédies du père Porée, Agapit, Hermenigilde, Brutus
et Morice (2).

L'auteur formait lui-même les acteurs, ce qui est sur
tous les théâtres possibles une des premières conditions
du succès. Sans doute le talent de l'acteur fait valoir
souvent des ouvrages médiocres; mais ce succès toujours incomplet pèche contre la loi d'ensemble, qui
veut que le comédien soit l'expression vivante de la

_____

(1) « Les tragédies et les comédies ne doivent être faites qu'en
« latin; l'usage doit en être très-rare; elles auront un sujet saint et
« pieux; les intermèdes en seront toujours en latin; on n'y introduira
« aucun personnage de femme, etc. » Ces règles, sauf la dernière,
n'étaient pas toujours strictement observées.

Sur ces représentations, consultez M. Walckenaër, Mémoires sur
Mme. de Sévigné, t. II, et les notes.

(2) Titon du Tillet, *Parnasse français*, Paris, Coignard, 1732.

pensée du poète dramatique. Le père Porée exerçait donc ses élèves à jouer ses pièces, et il se donnait des peines inouïes pour atteindre le but qu'il se proposait et que lui-même nous fait connaître dans son discours sur les théâtres. Il ne s'agissait pas seulement d'habituer les jeunes gens à donner à leur voix des intonations agréables, de l'élégance à leurs gestes, de la dignité à leur démarche, des grâces naturelles à leurs attitudes ; le père Porée ne négligeait pas tous ces détails dont l'utilité se faisait sentir dans presque toutes les circonstances de la vie ; mais en tirant ses élèves de la poussière de l'école, en les conduisant des bancs accoutumés sur une scène plus élevée, il les dressait, par un apprentissage qui devenait un plaisir, aux fonctions qu'ils devaient occuper dans l'État ; il les habituait à l'avance à jouer leurs personnages, à éviter le ridicule, à se rendre dignes de l'approbation du monde. Aussi les acteurs du père Porée savaient toujours garder une juste mesure, qui les distinguait des acteurs de profession. Ils se conformaient à leurs rôles, avec l'aisance qui convient à des jeunes gens bien élevés, sans exagération dans les gestes, comme sans abandon affecté ; un naturel parfait présidait à leur contenance, à leur démarche, aux mouvements de leurs têtes, de leurs bras, de leurs doigts même. Leur voix s'élevait ou se baissait suivant l'intention de la scène, et l'illusion était complète. Ces représentations charmaient une assemblée distinguée, « qui ne dédaignait pas », dit Porée, « d'assister à ces spectacles enfantins, de prendre « sa part des rires et des larmes de ces jeunes acteurs « et d'apprendre encore peut-être avec eux. »

Le père Porée ne cherchait pas la renommée : il la méritait, ce qui n'était pas une raison pour l'obtenir, et la renommée alla le trouver en quelque sorte en franchissant les murs d'un collége : chose rare, et que Voltaire a relevée avec raison. Les élèves du père Porée, une fois entrés dans le monde, n'oubliaient pas leur ancien professeur, et les plus grandes maisons lui furent ainsi ouvertes. Le théâtre du collége de Louis le-Grand avait fait connaître le poète dramatique; la chaire fit connaître l'orateur. Assemblage qui nous paraît bizarre aujourd'hui : le père Porée fut à la fois homme du monde, poète, orateur éloquent et jésuite. Enfin le grand maître du XVIII⁰. siècle, Voltaire eut pour professeur ce jésuite, ce membre d'une corporation que depuis... Mais Voltaire alors était le Candide dont plus tard il écrivit l'histoire.

Examinons les titres du père Porée à cette célébrité qui est restée attachée à son nom.

La supériorité des Jésuites dans l'enseignement tenait à une supériorité littéraire incontestable. Les ennemis les plus acharnés de la Société étaient forcés de rendre hommage aux talents variés de ses membres. Bayle rapporte (1), sans vouloir conclure, une curieuse

_____

(1) Bayle, art. Alegambe.

« Avez-vous pris garde comme moi, au nombre considérable de
« gens illustres qui se trouvent présentement dans leur collége de
« Paris ? Le père Benier est si consommé dans les langues, que tous
« les étrangers d'Europe et d'Asie vont le chercher, et converser
« avec lui, comme s'il étoit de leur nation. Peut-on voir une plus
« vaste littérature que celle du père Hardouin ? Le père Commire
« n'est-il pas un des plus grands poëtes latins qui soient aujourd'hui

conversation qui eut lieu à Delft, en 1697, entre des
gens de lettres qui avaient accompagné les plénipo-
tentiaires de France, des réfugiés français et des savants
du pays. On convint de la décadence de l'érudition, et
on fit remarquer que cette décadence était très-sen-
sible chez les Jésuites, que la place des Bellarmin, des
Sirmond, des Pétau était vacante. Il fut répondu que
les universités de France n'avaient plus de Fernel, ni
de Sylvius; que le parti protestant n'avait plus de Ca-
saubon, de Scaliger, de Saumaise, et que l'érudition
avait fait place à un goût plus fin, à une culture plus
délicate de l'esprit. Le XVIᵉ. siècle compte plus de
savants que le XVIIᵉ.; mais de combien ce dernier
siècle ne l'emporte-t-il pas sur l'autre par l'étendue
des lumières! Ce résultat est dû à l'influence de la
philosophie de Descartes. Les Jésuites avaient suivi,
comme toujours, la pente du siècle.

Les ouvrages du père Porée portent l'empreinte bien
prononcée de cette heureuse influence qui caractérise
le mouvement littéraire du règne de Louis XIV. Les
tragédies révèlent une étude approfondie de Corneille
et de Racine; les comédies contiennent plusieurs em-
prunts faits à Molière, et emprunter à Molière, c'est
emprunter à la nature. Les harangues nous présentent
les qualités et les défauts inhérents au genre d'éloquence

« au monde? Où est l'homme, qui, pour le françois et pour
« le bon goût de la composition, surpasse le père Bouhours, ou, en
« fait d'humanités, le père Jouvenci, ou, en beau latin, le père de
« la Beaune, qui vient de donner les œuvres du père Sirmond? Y
« a-t-il en France de meilleures plumes que le père Le Tellier, le
« père Daniel, le père Doucin, etc.? »

que le père Porée affectionnait et dont Sénèque est le modèle (1).

L'imitation de Sénèque le tragique n'est pas moins évidente dans Brutus et dans les autres tragédies de Porée ; cette imitation se retrouve surtout dans le style : le rhéteur s'y fait trop souvent sentir. Mais pour le fond, ces tragédies sont françaises. Brutus, les martyres de saint Hermenigilde et de saint Agapit, Maurice ont été inspirés par Horace, Polyeucte, Héraclius. Sennacherib contient un gracieux souvenir de Joas, de « cet aimable enfant enlevé à la rage » d'Athalie. Mais Seby Myrza appartient en propre au père Porée, et il s'y trouve une scène d'un grand effet dramatique.

C'est le pathétique qui domine dans les tragédies du père Porée, et elles semblent faites pour prouver que l'amour, dont on a tant abusé sur la scène, n'est pas le seul ressort dramatique à l'aide duquel on puisse émouvoir et toucher. Mais il ne faut pas oublier que ces pièces ont été écrites pour le théâtre du collége de Louis-le-Grand. Voltaire, qui, sans parler du style, fut supérieur à Crébillon par l'emploi du pathétique, et qui a emprunté au Brutus du père Porée « quelques traits sublimes (2), » ne goûtait pas les scènes d'attendris-

_____

(1) C. Porée, e S. J. Tragœdiœ editœ opera P. Cl. Griffet, ejusdem S. sacerdotis. 1745, in-12. Chez Bordelet.

Ejusdem Orationes, 1735, 2 vol. in-12. — 1747, 3 vol. in-12.

Ejusdem Fabulœ dramaticœ, 1749, in-12.

Nous ne parlons pas de quelques vers que Titon du Tillet a conservés et qui datent de la jeunesse de Porée. Ces vers, suivant nous, ne méritaient pas de voir le jour.

(2) « C'était, j'imagine, de la part de l'élève une manière d'at-

sement réciproque que Porée demandait entre Mérope
et son fils. C'est que la même différence qui existait
entre des comédiens de profession et les jeunes acteurs
du collége de Louis-le-Grand, se retrouvait entre des
pièces faites pour eux et des pièces composées pour la
scène. Voltaire, avant tout, veut frapper fort : « Quand
« le poignard est dans la plaie, il l'enfonce, le re-
« tourne et ne le lâche plus. » Ce système que l'on a
tant attaqué, est celui qui convient le mieux à notre

« tester sa reconnaissance et son attachement pour son ancien
« maître. » (M. Saint-Marc-Girardin.)

... Ne moriar idem invisus, et tantum feram
Luctum sub umbras, excipe amplexu pio
Amans amantem : hoc munus extremum dato.
Age, pande nato brachia....
   « A cet infortuné daignez ouvrir les bras;
   « Dites du moins, mon fils, Brutus ne te hait pas. »
Accede, quamvis horreo, amplexum pete.
   « Lève-toi, triste objet d'horreur et de tendresse. »
   — .... Forsan tuis
Meisque forsan perfidus tectis latet,
Qui jam obligarit Regibus dextram, et caput,
Hostemque celet fronte; testemur Deos,
Nunquam futurum, Regibus quisquis favet,
Per nos inultum.
   « O Mars, Dieu des héros, de Rome, et des batailles...
   « Sur ton autel sacré, Mars, reçois nos serments...
   « Si dans le sein de Rome il se trouvait un traître
   « Qui regrettât les Rois et qui voulût un maître,
   « Que le perfide meure au milieu des tourments ! »
—........ Rupit vincula, ut nobis daret
Graviora Consul.
   « Ils ont brisé le joug pour l'imposer eux-mêmes. »

caractère national. « Jamais, » dit Voltaire, « une
« passion réciproque n'émeut le spectateur; il n'y a
« que les passions contredites qui plaisent.... toute
« scène doit être un combat.... il n'y a que l'usage
« du monde et du théâtre qui puisse rendre sen-
« sible cette vérité... » Mais Voltaire n'a pas senti
« tout d'abord cette vérité », et son OEdipe prouve,
que, lorsqu'il aborda le théâtre, il était « plein de
« la lecture des anciens et des leçons de son pro-
« fesseur. »

Porée qui avait affaire à un public plus patient, ne
recule pas devant les lieux communs, et il a des passages d'une éloquence simple et touchante. Tels sont
les adieux d'Hermenigilde à sa femme et à son enfant :
« L'heure de la mort va sonner pour moi, et je laisse
« une femme malheureuse, un enfant bien jeune en-
« core... ils ne recevront pas mes embrassements! Tu
« lui remettras cet anneau, ce doux gage de notre
« union. Mon amour ne périra pas, tu lui diras que
« j'ai voulu conserver la foi qu'elle m'avait inspirée,
« et que mon père m'a livré à la main du bourreau.
« Qu'elle ne pleure pas ma mort. Je suis content de
« mourir. C'est elle qu'il faut plaindre : c'est pour
« elle que je verse des larmes. Elle devait recevoir de
« moi une couronne sur la terre : une autre couronne,
« moins fragile, l'attend dans le ciel; elle est digne
« de la porter. Qu'elle la fasse toujours briller aux
« yeux de notre enfant; que cette espérance lui donne
« la force de résister aux maux qui lui sont réservés.
« Que sa douce voix fasse pénétrer ses enseignements
« dans le cœur de mon fils. Qu'elle l'aime comme une

2

« mère ; qu'elle l'instruise, comme l'aurait fait son
« père (1) ! »

La pièce est froide : c'est l'inconvénient du sujet.
Un fils immolé par son père qui veut en vain lui faire
embrasser l'arianisme, ne nous offre pas l'intérêt de
Polyeucte immolé par Félix. L'amour fraternel joue
dans Hermenigilde un rôle moins important que dans
Brutus.

« Dans son Brutus, » dit M. Saint-Marc-Girardin, qu'il
faut toujours citer en fait de critique, « Porée a fait
« un admirable usage de l'amour fraternel. Dans Vol-

(1) En mortis hora proxime impendet mihi.
  Cum prole tenera conjugem oppressam malis,
  Relinquo moriens. Hispalis clausam tenet.
  Olli supremum ferre non possum vale.
  Id, me perempto, deferes. Fidei datæ
  Hoc dulce pignus, annulum referes simul.
  Ingundem amabam vivus, extinctus quoque
  Amabo : vivet usque post cineres amor,
  Tu me, jubente patre, carnificis manu,
  Cecidisse dices, mente quod firma sacram
  Fuerim secutus, ipsa quam suasit, fidem.
  Urgere nostram fletibus parcat necem.
  Lugenda non est. Sorte sum felix mea.
  Ipsa, ipsa sortem patitur heu flendam nimis...
  Olli rependo, quas mihi lacrymas nego.
  Regnare per me potuit; at jam non potest.
  Ne sibi coronam exoptet in terris brevem ;
  Aliam meretur, melior in cœlo manet.
  Hanc sæpe tenero principi ostentet procul :
  Hac spe ingruentes doceat ærumnas pati :
  Et voce blanda pectus informans rude,
  Amore matrem se probet, monitis patrem.

« faire, c'est l'amour que Titus a pour la fille de Tar-
« quin, amour qui paraît gauche et mal à l'aise au
« milieu de l'austérité républicaine du sujet, qui pousse
« Titus à trahir sa patrie. Dans Porée, c'est pour
« sauver son frère que Titus consent à devenir cou-
« pable, et c'est de là que naît le pathétique du
« drame. » La scène troisième du quatrième acte entre
Brutus et ses deux fils est fort belle. Elle rappelle la
scène du quatrième acte d'Héraclius; mais elle produit
plus d'effet, parce que la situation est plus simple et
plus naturelle. Phocas s'écrie :

> « Hélas, je ne puis voir qui des deux est mon fils,
> « Et je vois que tous deux ils sont mes ennemis. »

Brutus ne peut savoir lequel de ses deux fils est cou-
pable : « Ce père que vous méprisez, » leur dit-il,
« deviendra votre juge. » Le contraste entre les deux
frères est bien tracé, et la résignation touchante de
Titus repose l'âme du spectateur, trop violemment
émue par l'horreur du dénouement.

Le sujet de « la mort de l'empereur Maurice » a été
puisé dans « l'Examen d'Héraclius (1). » Dans la pièce

(1) « La supposition que fait Léontine d'un de ses fils pour mourir
« au lieu d'Héraclius, n'est point vraisemblable, mais elle est his-
« torique; elle n'a point besoin de vraisemblance, puisqu'elle a
« l'appui de la vérité qui la rend croyable, quelque répugnance
« qu'y veuillent apporter les difficiles. Baronius attribue cette action
« à une nourrice, et je l'ai trouvée assez généreuse, pour la faire
« produire à une personne plus illustre, et qui soutînt mieux la di-
« gnité du théâtre. L'empereur Maurice reconnut cette supposition,
« et l'empêcha d'avoir son effet, pour ne s'opposer pas au juste

de Porée . c'est Priscus, gouverneur de Justin, le
plus jeune fils de Maurice, qui met Héraclius, son fils,
à la place du jeune prince, afin de le sauver. Le pathétique de la pièce résulte du dévouement d'Héra-
raclius et des remords de Maurice, qui reconnaît la
supposition et déclare à Phocas qu'Héraclius est le fils
de Priscus.

Le monologue de Maurice à la vue du trône où va
s'asseoir l'usurpateur et le monologue de Phocas lorsque
Maurice est conduit au supplice, sont encore des lieux
communs; en revanche, il y a dans cette pièce un trait
sublime. Justin, le plus jeune fils de Maurice, veut
combattre à ses côtés; Maurice s'y oppose :

« Ton âge ne le permet pas, mon fils.

JUSTIN.

« Mon amour pour vous le permet : il l'ordonne.

MAURICE.

« Que peux-tu pour ton père?

JUSTIN.

« Je puis mourir. »

Dans Sennacherib, Porée s'est heureusement inspiré

« jugement de Dieu qui voulait exterminer toute sa famille (Examen
« d'Héraclius). »
Maurice avait laissé massacrer plusieurs milliers de captifs qu'il
aurait pu racheter à vil prix. Il vit dans sa chute une punition de
Dieu.

de Racine (1). Dans ces représentations classiques, les spectateurs savaient gré au poëte de leur rappeler les chefs-d'œuvre de notre scène, nés au souffle de l'antiquité.

Sephœbus Myrsa a été imité par Chamfort, dans

(1) Anael, jeune hébreu, a été élevé à la Cour ; Sennacherib l'interroge sur sa croyance, et Anael répond à peu près comme Joas répond à Athalie :

SENNACHERIB.

Quid ille possit, quid meus possit Deus
Lubet experiri....

ANAEL.

Quin potius illum supplici exarmas prece ?
Hac arte sola vincitur noster Deus,
Amatque vinci ; jam tua infensam manum
Sensere castra, senties illam quoque
Nisi avocabis quod tibi vulnus parat.

ATHALIE.

« Que vous dit cette loi ?

JOAS.

Que Dieu veut être aimé,
« Qu'il venge tôt ou tard son saint nom blasphémé,
« Qu'il est le défenseur de l'orphelin timide,
« Qu'il résiste au superbe et punit l'homicide. »

On trouve plus loin l'imitation de ce vers :

« Ai-je besoin du sang des boucs et des génisses ?
An ille vero sanguinem hircorum bibit ?
Mactata numquid membra taurorum vorat ?

Sennacherib mourut maudit, comme Athalie, le dieu des Juifs :

« Dieu des Juifs, tu l'emportes ! »
Anael, triumpha ; me Deus vicit tuus !

Il y a aussi dans cette pièce une imitation d'Iphigénie.

Mustapha et Zéangir (1) ; mais le suicide de Zéangir
est loin d'égaler la scène qui termine la pièce de Porée.
Cette scène est fort belle. Seby Myrza a été sacrifié :
il a bu le poison que Barsanes s'est empressé de lui
envoyer ; Abbas fait apporter la coupe, et se venge de
Barsanes en le forçant d'offrir lui-même à son fils le
reste du poison.

ABBAS.

« Approche et regarde.

DATAMES.

« Un voile s'étend sur mes yeux... une sueur glacée
« inonde mon visage... le frisson parcourt mes mem-
« bres... mes genoux se dérobent sous moi... je
« chancelle... soutiens-moi, mon père.

BARSANES.

« Ah ! mon fils, c'est moi qui suis ton assassin !.. Hélas !
« ses traits sont inanimés !

ABBAS.

« Comme les traits de mon fils !

(1) Abbas et Soliman soupçonnent tous les deux leurs fils victo-
rieux de conspirer pour leur enlever la couronne : Roxelane veut
perdre Mustapha, et Zéangir, fils de Roxelane, veut le sauver ;
Barsanes, ministre d'Abbas, veut perdre Seby Myrza, et Datames,
fils de Barsanes, veut aussi le sauver. Soliman cède aux prières de
Zéangir, comme Abbas aux prières de Cursuga. Une sédition soulevée par les ennemis des deux princes, vient raviver les soupçons
d'Abbas et de Soliman. Enfin Roxelane et Barsanes, après avoir
atteint leur but, sont punis de la même façon, par la mort de leurs
fils.

BARSANES.

« Quelle pâleur couvre son visage !

ABBAS.

« La pâleur de Sephœbe. »

Toute cette scène est vraiment dramatique.

Sephœbus et le Martyre de St.-Agapit sont accompagnés d'intermèdes en vers français qui ne manquent ni d'élégance ni d'harmonie. Ils prouvent que le père Porée avait un goût naturel pour la poésie (1).

Mais c'est dans ses comédies que Porée se montre vraiment original. Le génie comique est rare. Molière, qui s'y connaissait exprimait sa pensée, et une pensée vraie, quand, « pour la difficulté il mettait un peu « plus du côté de la comédie que de la tragédie. » « Lorsque vous peignez des héros, » dit Dorante, dans la *Critique de l'École des femmes,* « vous faites ce que

---

(1) Citons ce tableau de la mort d'un martyr :

« La tête d'Agapit, à mes pieds abattue,
« A glacé tout mon sang et fait frémir mon cœur.
« Je n'ai pu cependant en détourner la vue ;
    « Elle n'inspirait point d'horreur ;
« En la faisant tomber sous l'effort de ses armes,
« On eût dit que la mort eût respecté ses charmes ;
    « Ses yeux n'avaient que la langueur
« D'un bel œil qui s'endort ou bien qui se réveille ;
    « Sa bouche entr'ouverte et vermeille
« M'a semblé, par deux fois, appeler le Sauveur ;
« On voyait sur son front une blancheur pareille,
« A la douce pâleur du narcisse ou du lys,
« Abattus par la pluie et fraichement cueillis. »

« vous voulez... mais, lorsque vous peignez les hom-
« mes, il faut peindre d'après nature. » Les faits ont
donné raison à Molière ; nous avons eu, après Corneille
et Racine, des poëtes tragiques remarquables, et Voltaire marche à leur tête. Mais la bonne comédie,
qu'est-elle devenue? Quand on a cité le Joueur, les
Ménechmes, Turcaret, le Méchant et la Métromanie,
tout est dit. Voltaire, si fin, si spirituel, dans ses romans, est froid et languissant dans ses comédies. Le
père Porée excellait dans ce genre si difficile. Ses
comédies sont écrites en latin, pour le collége, et
cependant ce sont de véritables comédies, qui peignent
les mœurs de cette haute société, que le père Porée avait
vue de près, et à laquelle appartenaient la plupart de
ces jeunes élèves qui y jouaient un rôle. C'est dans ces
ouvrages que se révèlent cette finesse d'observation,
cette tournure d'esprit ironique qui ont dû exercer sur
Voltaire une influence plus durable que les leçons du
professeur en matière de tragédie. Mais la raillerie du
père Porée est innocente et pleine d'urbanité. « Sa
gaîté, » comme l'a fort bien dit M. Saint-Marc-Girardin, « est franche, naturelle et toujours de bon goût,
« digne vraiment de la gaîté des enfants qui lui servaient
« d'acteurs, de cette gaîté du jeune âge, où il n'y a
« encore ni cynisme, ni mauvais ton, ni grossiè-
« reté. »

Le Joueur, le Libertin, le Paresseux sont tous les trois
des jeunes gens de la Régence, et la corruption des
mœurs, la décadence des maisons nobles, le mépris
des traditions de la famille, qui caractérisent cette
époque, ressortent d'une manière bien frappante des

tableaux que le père Porée fait passer sous nos yeux.

A la mort de Louis XIV, on jeta le masque, et bien des pères eurent sans doute à déplorer les désordres de leurs fils; bien des joueurs vendirent, comme Pézophile, leur patrimoine à des usuriers et à des traitants. Ecoutez ce vieillard, ce fermier qui vient trouver l'oncle du Joueur; il ne se plaint ni de la sécheresse ni d'un ouragan, mais d'un nouveau maître, qui accable tous ses vassaux d'injures et de coups. Voyez le Parvenu prendre, avec un luxe insolent, possession de sa nouvelle demeure : « Six ou huit « jours après, nous arrive un homme à l'air important, « menant grand train avec une longue suite, une chaise « à quatre chevaux, des chevaux de selle caparaçonnés, « et tout brodé d'or lui-même, vous m'entendez bien. » — Chrysore dit au fermier de continuer, et comme Chrysore, nous avons reconnu tout de suite Turcaret à cette description. — « J'étais dans l'avenue; il me « fait appeler par un domestique. Je lui apprends que « vous étiez tous deux absents, vous et Pézophile; il « me répond que désormais il est le maître des terres « et du château et m'en demande les clefs. Je les refuse; « il me menace et se dispose à employer la force. Que « faire? Je les lui donne. Depuis cet instant cet homme « impérieux commande en seigneur; il plante d'arbres « stériles les champs les plus productifs; il trace des « jardins d'agrément; il fait démolir les anciens bâti- « ments pour en faire reconstruire de nouveaux. Au- « dessus de la porte de l'avenue, il a fait poser son « écusson. Cet écusson porte trois... oui, il porte trois « champignons blasonnés; mais cela ne fait rien à la

« chose; car, parmi nous, avec de l'argent se fait
« noble qui veut (1). »

Et ce riche bourgeois qui vient demander à Chrysore
des renseignements sur les hôtels qui appartenaient à
son frère, est-ce de Pézophile qu'il veut les acheter?
Non, mais de l'usurier auquel Pézophile les a vendus,
puisqu'il faut parler ainsi pour se conformer à la lettre
du contrat, à cette lettre qui tue véritablement. Ces
deux scènes sont le testament d'un joueur, l'oraison
funèbre d'une famille noble et puissante jadis.

Pézophile n'est pas le seul que le jeu ait ruiné. Cet
Atychès qui vient supplier Pézophile de recevoir son
fils dans sa compagnie, Atychès « était riche autrefois;
« il avait un nom connu de la capitale et de la cour.
« Maintenant il traîne une vie ignorée dans un village...
« la mer n'a pas englouti ses richesses; il était noble
« et ne s'est pas livré au commerce; sa fortune a fait
« naufrage, mais loin de l'Océan. Atychès ne s'est pas
« ruiné en entretenant à grands frais des chevaux et
« des meutes pour la chasse; il n'a pas dévoré son
« bien en procès; l'écueil fatal à sa fortune a été la
« table des joueurs. » Et cet exemple ne corrigera pas
Pézophile; il jouera encore, il jouera toujours, il
perdra tout, tout jusqu'à la compagnie que son oncle
lui a achetée.

Tel est le joueur du père Porée; à côté de ce joueur,
vient se placer un valet qui a peut-être un peu trop
d'esprit qu'on lui pardonne facilement; car c'est avec

(1) Traduction de M. Gourmez; Notice, par M. Saint-Marc-Girardin. Théâtre Européen. Paris, 1835.

cette monnaie qu'il paie les créanciers de son maître.
Parmenon touche la moitié de ses gages, cent écus,
et il rêve la fortune : « de valet il deviendra maître et
« noble de roturier; il changera de nom et de race;
« ou, en ajoutant une toute petite lettre à son nom,
« de Parmenon il deviendra Parmenion, l'arrière
« petit-fils d'un Parmenion dont il a lu l'histoire; »
il fera souche d'honnêtes gens, comme le Frontin
de Turcaret. Parmenon avait cent écus, ainsi que
le savetier de La Fontaine; mais il n'avait pas lu
la fable du Pot au lait. Le valet joue ses cent écus et
les perd : le maître se récrie : « Comment, misérable!
« risquer au jeu cent écus? » Parmenon se rejette sur
le mauvais exemple. « Malheureux que je suis! »
s'écrie Pézophile, « avec ces cent écus je pouvais ra-
« mener la fortune. C'est toi, parricide, toi qui as
« d'un seul coup ruiné ton avenir et le mien. » Molière n'aurait pas trouvé mieux.

On voit tout de suite la différence qui existe entre
le Joueur de Porée et celui de Regnard; Porée est
à la fois un moraliste et un auteur comique : il nous
fait rire, mais il nous instruit. Regnard aussi nous fait
rire et d'un rire plus vif peut-être; mais il nous peint
la passion du jeu avec l'indifférence d'un homme du
monde, et comme le ferait un joueur rompu à cette
escrime nocturne du tapis vert. Etes-vous joueur? Tant
pis pour vous. Consolez-vous en riant vous-même de
votre folie dont ma pièce vous offre l'image fidèle.
Voilà ce que Regnard semble dire. Porée vous montre
l'écueil et les débris des naufragés.

Ecoutez maintenant l'oncle du joueur : « Il avait un

« fils unique, son unique amour; il fréquenta des
« compagnies pernicieuses. En vain son père le rap-
« pela auprès de lui, l'attrait du plaisir l'emporta;
« après avoir énervé son âme et son corps, il mourut
« bientôt, enfant par l'âge, vieillard par ses vices. »
Cet enfant, c'est Eraste, Eraste qui se meurt, Eraste
qui ne se connaît plus. Il a un ami, Philédon, livré
comme lui au plaisir, et qui se reproche de lui en avoir
inculqué les préceptes, de lui en avoir donné l'exemple.
Philédon n'est plus le même depuis quelques jours;
son valet ne comprend rien à ce changement, l'abat-
tement a succédé à la gaîté. Pourquoi Philédon ren-
voie-t-il le peintre qu'il a fait appeler? En vain celui-ci
lui trouve-t-il le visage plein et animé, les yeux vifs
et brillants; Philédon est dévoré par l'inquiétude. Son
libraire lui a apporté par mégarde un « Traité de phi-
« losophie chrétienne sur l'immortalité de l'âme, » et
Philédon se demande avec effroi ce que deviendra l'âme
immortelle d'Eraste. Eraste meurt, et ses compagnons
de débauche accueillent ainsi la nouvelle de sa mort :
« Cela m'étonne; il paraissait robuste et bien constitué.
« —J'en suis fâché; il dansait avec grâce. —Il buvait
« bien; il n'aurait pas dû mourir si tôt. » ·—Philédon
seul pleure et va confier à une pieuse retraite ses re-
grets et ses remords.

Misopon appartient à une famille parlementaire; il
a fait de bonnes études, il a de l'esprit, du savoir, et
cependant il veut vendre la charge de son père : Misopon est paresseux; il deviendra, si la paresse l'em-
porte, le joueur ou le libertin que nous venons de voir
finir misérablement. Il ne tient pas à de certains amis,

comme il y en a tant, que Misopon reste toute sa vie le
président d'une « Académie de paresseux ; » mais,
grâce aux bons conseils de la famille, la raison prend
le dessus, et Misopon deviendra un magistrat distingué.

Cette pièce est charmante ; elle abonde en détails
heureux, en développements spirituels et ingénieux.
Voici un petit tableau flamand que Brillat-Savarin n'a
pas connu, et qui manque à la Physiologie du Goût :
« Le thé ! Le café ! Des fébrifuges ! Fi donc ! Ce sont
« des ennuifuges. Ils dissipent l'ennui, ils chassent les
« vapeurs, vous préparez votre café avec tous les soins
« convenables ; — vous le mettez au feu ; — il est bouil-
« lant ; — vous le versez dans votre tasse ; — vous le
« sucrez à votre goût complaisamment ; — vous le
« versez dans la soucoupe en arrondissant le bras ;
« — vous y portez vos lèvres doucement murmurantes ;
« — enfin vous l'aspirez lentement et goutte à goutte ;
« — et cependant le temps s'écoule sans ennui ; et ce-
« pendant du fond de la tasse vous arrivent un à un,
« en bouillonnant, mille joyeux traits d'esprit qui font
« la grâce et le charme de la conversation (1). »

Prenez-y garde cependant ; l'esprit de doute et d'incrédulité va se répandre : cette liqueur est amère.
Méfiez-vous de « tous ces buveurs d'eau chaude qui
« vont puiser dans le fond de leur tasse je ne sais
« quelle ironie impie et maudite, qu'il est impossible
« de tolérer. » Voltaire connaissait-il ce passage ?

Misopon sera un magistrat sérieux. Mais que dites-

---

(1) Voyez l'élégante traduction du spirituel feuilletoniste des
Débats, J. Janin. M. J. Janin a traduit une pièce du P. Porée, et
a écrit une Notice sur ses comédies.

vous de ce père de famille qui ne veut pas que son fils
aîné lui succède sur son siège? Ce jeune homme
manque-t-il de sens, d'esprit? Ses mœurs sont-elles
mauvaises? Non; il n'est pas bien fait de sa personne;
il n'a pas une belle voix : son maître de chant a dû
désespérer de lui. — « Il vous faut un magistrat et non
« pas un chanteur. » — « Mais, » objecte le père,
« il ne sait pas danser (1)! » Cette réponse suffit à
tout : il ne sait pas danser! Pends-toi, Figaro (2)!

Au magistrat petit-maître succède le petit abbé,
son digne acolyte. Regardez : il passe sous vos yeux.
« Il a, dans son armoire, une soutane longue qu'il
« porte une ou deux fois par an, à l'occasion de quel-
« que cérémonie. Le vêtement que vous lui voyez est
« plus court, noir, mais propre et recherché. Au lieu
« de ces manches étroites qui ressemblent à deux four-
« reaux, il a des manches qui s'élargissent à partir
« du coude : elles sont élégamment retroussées. Il n'est
« pas emprisonné dans son vêtement boutonné du haut
« en bas; le sien est ouvert sur la poitrine et livre pas-
« sage à du linge fin et d'une éblouissante blancheur.
« Son petit manteau léger, étroit, rejeté sur ses
« épaules pour plus de commodité, tombe gracieuse-
« ment derrière lui. Son chapeau fin et soigné n'a pas
« de ces larges bords étalés en cercle ou rabattus non-
« chalamment : celui de devant est relevé et donne à
« la physionomie un petit air provoquant. Le rabat
« part du cou pour s'entr'ouvrir légèrement sur le

---

(1) Les vocations forcées, « Liberi in deligendo vitæ instituto coacti. »
(2) « On pense à moi pour une place, mais par malheur j'y étais
« propre; il fallait un calculateur, ce fut un danseur qui l'obtint. »

« haut de la poitrine ; il est d'une extrême finesse et
« a toute la raideur convenable. Les cheveux coupés
« avec art, frisés, pommadés, poudrés, sont relevés
« sur les tempes, pour laisser voir les oreilles petites
« et rosées ; ils se cacheront au besoin sous une per-
« ruque blonde, courte, élégante ; car le petit abbé
« ne doit pas vieillir. Que le tracas des affaires im-
« prime ses rides sur le front du magistrat, que le vi-
« sage du militaire soit sillonné par les cicatrices, ou
» brûlé par l'ardeur du soleil : c'est leur état. La figure
« du petit abbé doit conserver l'éclat d'une jeunesse
« immortelle ; c'est tout au plus s'il peut toucher à
« l'âge mur. Le luxe, les plaisirs, les spectacles, les
« petits soupers, voilà sa vie ! »

On le voit : le père Porée est bien le poète comique
selon Dorante, le poète qui : peint d'après nature ; —
« dont les portraits ressemblent ; — qui y fait recon-
« naître les gens de son siècle. » — « Je regarde le
« père Porée aujourd'hui, » dit M. Saint-Marc-Girardin, « comme un de nos meilleurs auteurs comi-
« ques, et cela sans paradoxe. » Aussi Porée a beau
imiter Molière (1), il est toujours original. D'ailleurs
comment ne pas imiter Molière ?

_____

(1) Dans la pièce : « Cœcus amor patrum, » où Porée met sur la
scène un père injuste pour le fils qui l'aime, et faible jusqu'à l'excès
pour le fils qui ne l'aime pas, Patricius est désabusé sur le compte
de ses enfants de la même manière qu'Argan sur le compte de Béline.

L'engouement de Patricius est parfaitement dépeint ; la scène où il
interroge le précepteur de ses fils sur leurs caractères est une scène
de bonne comédie et qui rappelle : « Le pauvre homme ! »

Il y a aussi dans la pièce des Vocations forcées, un tartufe, et, par

Molière soutenait que « tous les hommes sont fous,
« et que néanmoins chacun croit être sage tout seul. »
Cette thèse, si vraie au point de vue de la philosophie
et peut-être de la médecine, contient une source inépuisable de comique. L'ingénieux badinage d'Erasme
repose sur cette idée que Desmarests a maladroitement
mise en œuvre dans sa comédie des Visionnaires ; c'est
la piquante moralité de la fable de la Besace :

    « Le fabricateur souverain
« Nous créa besaciers tous de même manière,
« Tant ceux du temps passé que du temps d'aujourd'hui :
« Il fit pour nos défauts la poche de derrière,
« Et celle de devant pour les défauts d'autrui. »

C'est sous ce point de vue que la vie humaine est
réellement une comédie, et une comédie que Molière
seul était capable de faire passer sur la scène. Céli-
mène et les personnes qui composent sa société, puisent
dans « la poche de devant » et oublient « la poche de
derrière. »

Porée possède l'art de ces contrastes si frappants.
Dans la comédie intitulée : « Cœcus amor patrum, »
ce père qu'une injuste prédilection aveugle sur le
compte de ses enfants, adresse de vifs reproches à un
de ses amis, au sujet de la mauvaise éducation qu'il
donne à son fils par excès d'indulgence ; de même,

parenthèse, un tartufe janséniste, qui s'est emparé de l'esprit d'un
père de famille.

Cette pièce attaque le préjugé qui imposait d'avance, dans les
familles nobles, tel ou tel rôle aux enfants, suivant l'ordre de leur
naissance.

dans la comédie des Vocations forcées, le père qui
veut contraindre ses fils dans le choix d'une carrière,
blâme un de ses amis qui, lui aussi, a deux fils et ne
veut pas permettre au plus jeune de se consacrer à
l'Église.

Les comédies du père Porée sont trop peu connues:
écrites dans une langue morte, elles contenaient une
peinture vivante des mœurs d'une époque singulière,
et à ce titre elles sont curieuses aujourd'hui. Elles nous
révèlent la tournure d'esprit du père Porée, et ce qu'il
eût été, comme auteur, s'il n'eût pas sacrifié sa vocation littéraire à sa vocation religieuse.

L'auteur ne vit pas seulement de gloire; mais la
gloire est l'aliment de son génie. Le chrétien, le prêtre
reportent tout à Dieu, même le talent qu'ils ont reçu
de lui, et s'enveloppent dans leur humilité. Porée ne
consentit jamais à laisser publier ses œuvres drama-
tiques. Il cédait ses harangues aux ordres de ses supérieurs; le recueil incomplet fut publié à son insu, en
1735. On obtint de lui avec beaucoup de peine qu'il
les retoucherait.

Il y a un contraste frappant et qu'il ne faut jamais
perdre de vue, entre l'esprit d'une corporation et les
qualités individuelles des membres qui la composent.
Jamais cette observation n'est plus nécessaire que lorsqu'il s'agit de la Société de Jésus. Le père Porée était
véritablement humble; mais il n'était pas de l'intérêt
de la Société que ces harangues prononcées avec tant
de succès, dans des occasions d'éclat, restassent igno-
rées. Il ne convient pas à un prêtre d'encenser les
grands de la terre; mais il importait à la Société que la

3

mémoire de Louis XIV, de ce roi qui avait des Jésuites
pour confesseurs, fût dignement célébrée; que le Régent, favorable d'abord aux Jansénistes, reçût des
éloges; que le jeune Roi fût adulé; enfin il était nécessaire pour l'illustration de la Société, que la réputation
d'un professeur tel que le père Porée, se répandît au
loin. Voilà ce qui explique tant de choses qui nous pa-
raissent singulières aujourd'hui dans les discours d'ap-
parat (Orationes panegyricæ) du père Porée, et
les exagérations du père Bougeant et du père Baudori
au sujet de Porée lui-même. Cette distinction nous
expliquera encore tout à l'heure la querelle du père
Porée avec Grenan, et les contradictions de Voltaire,
lorsqu'il parle de ses anciens maîtres.

D'ailleurs, si les Jésuites ne laissaient passer aucune
occasion de faire leur cour, cela était conforme à
l'esprit de l'époque. Mais trop souvent la postérité
dément l'orateur. Le père Porée a beau écrire sur la
tombe du Dauphin, fils de Louis XIV, cette inscription
louangeuse : « Filio optimo, Parenti optimo, Principi
« optimo »; l'histoire portera le même jugement que
Saint-Simon sur « cet homme sans vice ni vertu,...
« absorbé dans sa graisse et dans ses ténèbres, qui,
« sans aucune volonté de mal faire, eût été un roi
pernicieux (1). »

L'histoire aussi a dit ce qu'étaient « les vertus » du
Régent et ce que sont devenues les espérances qu'in-

---

(1) *S. P. Ludovici Franciæ Delphini laudatio funebris* (1711).
Parisiis, in-4°.

spirait à Porée l'enfance de Louis XV (1) ; elle n'a pas
encore jugé peut-être « ce maître de la paix et de la
« guerre, ce châtieur des nations, cet homme immortel
« pour qui on épuisait le marbre et le bronze, pour
« qui tout était à bout d'encens (2) » ; mais elle fournit
un commentaire final, tracé en caractères de sang, pour
les vœux que Porée prêtait à la France, alors qu'il
saluait l'aurore du XVIIIᵉ. siècle (3).

(1) *De Principe, qualis futurus sit ; utrum jam inde ab ejus pueritia augurari liceat* (1717). Parisiis, Mougé, 1727, in-4°.

(2) Saint-Simon. — *Ludovici magni, Franciæ et Navarræ Regis Laudatio funebris* (1715). Parisiis, Papillon, in-4°.

Il y a une traduction française de ce discours par l'avocat Mannory, le même qui, après avoir reçu de Voltaire l'aumône, a fait contre lui un libelle. — Paris, Mougé, 1716, in.-8°.

Lettre du R. P. C. Porée, J., à M. Grenan, au sujet de l'Oraison funèbre du Roy, qu'il a prononcée en Sorbonne le 11 décembre 1715, in-12, 1716. — *Réponse de l'auteur de l'Oraison funèbre du Roy à la Lettre du père Porée, j.* Ensemble, 1717, in-12, 35 pages.

Voici les titres des autres discours que le père Griffet a intitulés : *Orationes panegyricæ.*

Gallis ob victoriam reducem Gratulatio 1713).

Ludovico XV, Regi Christ., recens uncto et coronato, Gratulatio (1722).

Regi Christ. Ludovico XV, regni moderamen capessenti Gratulatio (1723). Parisiis, Barbou, in-4°.

In ortu S. Delphini Gratulatio (1729).

Aussi Louis XV, qui avait souvent entendu parler du père Porée, « voulut bien, » lorsqu'il apprit sa mort, « l'honorer de son regret « et de ses éloges. »

Ces oraisons funèbres et les autres discours étaient prononcés devant les prélats qui tenaient pour la Constitution, les cardinaux de Bissy, de Rohan, etc.

(3) *Quæ debeant esse vota Galliæ, pro seculo proxime futuro*

Bossuet seul pouvait faire entendre aux maîtres de la terre « ces grandes et terribles leçons » que leur réserve la Providence. Quant aux panégyriques contemporains, ils deviennent l'arrêt des princes qui trompent l'attente de leurs sujets.

Le genre d'éloquence auquel visait Porée est tout-à-fait éloigné de la sublimité religieuse qui convient à l'oraison funèbre. Le père Porée est avant tout un homme d'esprit; ses comédies nous l'ont fait connaître sous ce rapport. C'est un homme d'un esprit vif, brillant; il veut produire de l'effet à chaque pas, il prodigue les antithèses; il tombe dans la recherche et dans l'affectation (1). Le débit de l'orateur était, à ce qu'il paraît, merveilleusement adapté à ce style : beaucoup de feu, de vivacité, une pantomime expressive; du reste une taille élevée, une physionomie heureuse, une voix sonore. Pour ce qui est de la latinité, quand on a signalé l'imitation du style de Sénèque, on a dit tout ce qu'il est possible de dire. Ajoutons que le gallicisme se fait partout sentir dans les ouvrages du père Porée, et surtout dans ses comédies. C'est le style des tragédies qui nous paraît le plus pur et le plus élégant, sous le

(1699). « At tu, vive diu, Lodoix, vive, non unius, sed gemini « seculi future gloria et felicitas... vivant nepotes... »

(1) Nous citerons pour exemple ce passage de l'Oraison funèbre de Louis XIV, dans lequel Porée représente Louis XV enfant, recevant la bénédiction de son aïeul : « Accedit, flet, admonente jam natura « quid amittat, licet docente nondum cupiditate quid acquirat. »

Ce passage servit de prétexte à Grenan pour accuser la morale des Jésuites. Porée s'est laissé séduire par une antithèse déplacée : voilà tout.

rapport de la latinité. Il est vrai que Porée les avait
travaillées et revues avec un soin infatigable.

Porée a tracé lui-même le plan de son Oraison funèbre de Louis XIV : « Vous voulez faire l'éloge de
« Louis XIV, de ce prince qui a reçu plus de louanges
« que tout autre prince, et auquel on n'en donnera ja-
« mais trop, si on lui donne celles qu'il a méritées,
« je n'exige pas de vous que vous rapportiez en temps
« et lieu toutes les paroles remarquables, toutes les
« actions d'éclat, toutes les mesures importantes qui
« ont signalé la vie de ce monarque; la prétention
« serait injuste, un pareil travail n'aurait pas de bornes.
« Laissez nos historiens réunir leurs efforts pour sou-
« lever ce fardeau que pas un d'eux peut-être n'est de
« force à porter. Ils exploreront toutes les parties de
« ce long règne, et suivront toutes les périodes de
« cette vie si pleine et si mémorable. Ils nous montre-
« ront cet enfant donné par Dieu, envoyé par lui pour
« l'honneur et l'accroissement de cet empire, comme
« un présent manifeste de sa bonté toute-puissante;
« triomphant déjà avec l'aide de Dieu, quoiqu'inca-
« pable encore de combattre par ses mains; apprenti
« dans le métier des armes, et déjà capitaine. Jeune
« homme, ils nous le montreront volant aux combats
« en toute saison, et d'un mot, d'un geste, d'un signe,
« dissipant de nombreuses armées, emportant des
« villes fortifiées, subjuguant des provinces entières.
« Nous verrons l'homme mûr tantôt répandre son ac-
« tivité au dehors et tenter de grandes entreprises,
« tantôt rester dans son royaume, faire tout mouvoir
« sans trouble, diriger tout par ses avis d'un bout à

« l'autre de la France. Nous verrons ce Roi, vieux seu-
« lement par sa prudence, supporter, sans en être ac-
« cablé, le poids des ans et de la royauté, soutenir
« seul le fardeau des affaires. Traités, réformes de la
« législation, encouragements donnés aux arts, ré-
« pression de l'hérésie, présent d'un Roi à l'Espagne,
« un nombre infini de miracles de tout genre, aux-
« quels la postérité croira d'autant plus facilement
« qu'elle aura plus de peine à se les représenter, rien
« ne sera oublié par l'historien. Il décrira tout avec
« un soin que soutiendra toujours la crainte d'être
« accusé de négligence. »

« Mais ce n'est pas un discours historique, que vous
« voulez faire : il vous suffira dès-lors de considérer
« toutes les vertus de ce Grand-Roi, de chercher quelles
« sont celles qui ont jeté le plus d'éclat sur sa vie et
« qui ont dominé en quelque sorte toutes les autres,
« d'en choisir deux ou trois. Montrez-nous sa modé-
« ration dans la prospérité, sa fermeté dans le mal-
« heur, son attachement à la religion ; montrez-nous ce
« Roi grand dans la guerre, plus grand encore dans la
« paix, mais tout-à-fait grand par son amour pour la
« religion. »

Ce passage se trouve dans le discours « De pane-
gyricis orationibus » (1716), qui semble avoir été
composé pour servir de réponse à Grenan et aux autres professeurs engagés dans sa querelle (1).

(1) On peut voir dans le Dictionnaire des anonymes de Barbier
et dans la Bibliothèque française de l'abbé Gouget, la liste des ouvrages composés à l'occasion de cette polémique oubliée avec raison
aujourd'hui.

Bénigne Grenan était professeur de rhétorique au
collége de Harcourt ; il prononça en Sorbonne une
Oraison funèbre de Louis XIV, le 11 décembre 1715,
un mois après celle de Porée. Le jésuite qui avait ap-
pelé la doctrine du Jansénisme « la fille exécrable
« d'une exécrable mère, » en l'assimilant au Calvinisme,
écrivit à Grenan pour lui reprocher d'avoir « donné à
« entendre que Louis XIV avait été exposé à l'illusion
« au sujet du Jansénisme, et qu'il avait poursuivi un
« fantôme. » — « Vous est-il permis d'ignorer, » ajoutait
« Porée, que le Jansénisme est une hérésie réelle, et
« qu'il a été condamné en France plusieurs fois comme
« tel ? Que penseront de vous les vrais catholiques, lors-
« qu'ils liront votre Oraison funèbre, s'ils y voient traiter
» d'illusion le zèle d'un des plus religieux monarques
« qu'ait eus la France ? Pensez-vous qu'en faisant tomber
« la séduction sur les Jésuites qui ont eu l'honneur
« d'approcher de Sa Majesté, vous mettiez à couvert
« la réputation du Roi et la vôtre ? »

Grenan fit imprimer cette lettre avec sa réponse
« On m'a conseillé, » dit-il, « de ne pas répondre à une
« pareille lettre venant d'un jésuite ; » ce qui ne l'em-
pêche pas de riposter à l'attaque par une véritable
escobarderie : « Le Jansénisme condamné par l'Église
« est une hérésie réelle, que j'abhorre aussi bien que
« vous ; mais le Jansénisme que vous poursuivez avec
« tant de fureur, est un fantôme dont vous vous servez
« pour sacrifier à votre haine tout ce qui ne fléchit pas
« le genou devant l'idole de votre orgueil. »

Mensonge de part et d'autre. Le Jansénisme n'était
qu'un prétexte : la vieille lutte de l'Université et des

Jésuites, voilà la cause de la querelle ! Mais ne sem-
blerait-il pas singulier d'y voir figurer le père Porée,
si l'on ne se rappelait cette discipline qui faisait de
chaque jésuite un soldat?

Le parti janséniste se crut tout-puissant lorsque le
duc d'Orléans prit en main la régence. Tout contribuait
à enfler les espérances de ce parti long-temps op-
primé : l'éloignement du père Le Tellier, le crédit
du cardinal de Noailles, le rappel des exilés pour les
affaires de la Constitution, l'accueil fait à l'Université,
et enfin le déchaînement de tout Paris contre les Jésuites, qui furent enveloppés dans cette ardente réac-
tion contre le système suivi par Louis XIV, pendant
les dernières années de son règne. Peu s'en fallut qu'on
ne mît le feu à leurs trois maisons. Depuis long-temps
la fille aînée des rois de France se plaignait de voir les
pères de famille « mener leurs enfants à des sources
« beaucoup moins anciennes, et qui, certainement, »
disait Coffin, « ne seront jamais plus pures. » Les Jésuites enseignaient gratis; de plus un jeune jésuite en-
seignait, dans le court espace de cinq ans, grammaire,
syntaxe, poésie, et laissait bien loin derrière lui tous
les maîtres ès-arts qui avaient vieilli dans le même
genre de littérature. En conséquence, les écoliers
affluaient dans les colléges des Jésuites; c'est ce que
l'Université ne leur avait jamais pardonné.

Les deux Oraisons funèbres furent prononcées dans
ces circonstances : les adversaires étaient en présence
et s'épiaient. Grenan, dans sa Réponse, se moque de
l'assimilation du Jansénisme avec le Calvinisme, et dit
que « beaucoup de personnes riaient en écoutant l'ora-

« teur. » Nous ne savons pas si « beaucoup de per-
« sonnes riaient, » mais nous soupçonnons fort Grenan
d'avoir ri, et ce fait expliquerait la conclusion de
Porée : « Je vous prie... de songer que Dieu est un
« juge sévère, qui nous jugera sur nos paroles comme
« sur nos actions (1). »

Quoi qu'il en soit, les supérieurs de la Société, voyant
les Jansénistes relever la tête, n'auront pas attendu
un défi, et Porée aura pris la plume pour écrire sa
Lettre à Grenan. Le père Porée était sincère : à ses
yeux, le Jansénisme n'était qu'une dangereuse hérésie ;
mais la Lettre est due aux inspirations puisées dans
l'esprit de la Société.

Cette querelle dégénéra en une discussion de professeurs épluchant des discours de rhétorique. D'un côté,
on mettait en avant Cicéron et Quintilien; de l'autre,
Pline-le-Jeune et Sénèque. Aux anciens on opposait les
modernes, et leurs défenseurs, Fontenelle et Lamotte.

Nous retrouvons la lutte entre les Jésuites et les Jansénistes à propos de la question des spectacles, de cette
polémique à laquelle se rattachent tant de noms illus-

___

(1) L'abbé La Fargue, en demandant quelles étaient les personnes
qui avaient pu rire, et en voulant bien supposer que Grenan n'était
pas du nombre, vient à l'appui de notre hypothèse : « M. Grenan, »
dit-il, « a été surpris des applaudissements donnés au père Porée ;
« son indignation alla presque jusqu'au courroux... il est de ces
« passionnés adorateurs de l'antiquité, que les miracles de nos
« jours endurcissent dans leur aveuglement. » (*Réponse à la critique faite par M. G. (Guérin), professeur de rhétorique au collége
de Beauvais, sur l'Éloge funèbre de Louis-le-Grand, prononcé par
le père Porée.* Paris, 1716, in-12, 108 p.)

tres, Bossuet, Nicole, Bourdaloue, Racine, Boileau,
J.-J. Rousseau, et qui, sans cesse renouvelée, rappelait, suivant les expressions du père Porée, « ces ba-
« tailles équivoques, après lesquelles de part et d'autre
« on s'attribue bien ou mal la victoire. »

« Le Théâtre changé en école de vertu, » telle est
la thèse développée par le père Porée, dans un discours
qui est à coup sûr le plus brillant de tous ceux qu'il a
composés; telle est aussi le titre d'un ballet du père
de la Sante, qui semble avoir mis en action le discours
du père Porée (1). Du reste, Porée appliquait cette réforme à tous les genres de littérature, et dans les romans, dans la poésie, comme sur la scène, il con-
damme sévèrement les peintures amoureuses (2). On
peut donc dire que Porée veut épurer la littérature,
et surtout le théâtre. C'est un rêve sans doute, et, comme
celui du bon abbé de St.-Pierre, le rêve d'un homme

(1) *Theatrum sitne, vel esse possit schola informandis moribus
idonea* (1733)? avec la traduction du père Brumoy. Paris, Coignard, in-4°.

Critique sur le discours des théâtres du père Porée, Bibliothèque
Ste.-Geneviève, mss. Y, f. 1. 1468, in-4°. 194 p. Ce manuscrit est
de la même année, 1733; l'auteur, qui était sans doute un professeur de l'Université, dit « qu'on lui a envoyé depuis quelques jours
« la traduction du père Brumoy. »

On sent dans cette critique l'amère austérité du Jansénisme; sous
le rapport littéraire, elle rappelle celle de Grenan et de Guérin à
propos de l'Oraison funèbre de Louis XIV.

(2) *De librorum amatoriorum fuga;* parmi les discours que le
père Griffet a intitulés : *Orationes sacræ*, et qui étaient prononcés
les veilles des principales solennités.

Il y a dans le recueil cinq autres discours de ce genre : *In natali*

de bien; mais nous voyons dans ce discours autre chose
qu' « une longue figure, un jeu d'esprit, cimbalum
« resonans, » comme le prétend un critique contemporain, et lui-même nous sert de guide lorsqu'il dit :
« D'autres pensent que le père Porée a voulu justifier
« son goût particulier pour la comédie (1). »

En effet, nous voyons un homme de talent, doué
d'une imagination vive, se dévouer pendant trente-
trois ans à la mission la plus difficile et la plus ingrate
peut-être, à l'éducation de la jeunesse; ses confrères
nous disent qu' « il fut toujours le même... qu'il ne
« connaissait que deux objets, les devoirs de la piété et
« ceux de son emploi (2); » et nous en concluons tout
simplement que cet homme fut un homme vertueux,
mieux que cela, un parfait chrétien. Mais que de luttes
il faut soutenir contre soi-même pour arriver à cette

---

*Christi ;—De Christo patiente ;—De adventu Spiritus Sancti ;—In
Festo Sanctorum omnium ;—De amicorum delectu.*

Et parmi les discours intitulés : « *Orationes Academicæ*, » *De
Libris, qui vulgo dicuntur Romanenses.*

Ce discours, ainsi que celui *Sur le choix des amis*, ont été traduits par Garcin de Neufchâtel, vers 1756, in-8°., t. III et V du
Choix littéraire de Vernes.

(1) « L'Apologie du Théâtre (quoi qu'il puisse être) est un ouvrage
« un peu profane pour un membre de la Société de Jésus. Nam quæ
« conventio Christi ad Belial ? Mais si l'on joint à la profession de
« jésuite, celle d'homme de lettres, de bel esprit, et de curieux qui
« en est inséparable, il n'y a plus lieu de critiquer notre auteur sur
« le choix de la matière : elle est tout-à-fait de son ressort. »

(2) Le père Bougeant, Lettre à l'évêque de Marseille, dans les
Amusements du cœur et de l'esprit. Cette lettre est trop longue et
écrite d'un style emphatique.

perfection! Que de combats qui n'ont que Dieu pour
témoin, et dont seul il peut donner la récompense!
Voilà tout un côté agité d'une vie si calme en appa-
rence, et tout un côté inconnu, éclairé seulement par
la lumière céleste qui brille dans les âmes humbles et
pieuses. Ah! cette guerre continuelle que le chrétien
se livre à lui-même, nul ne peut la raconter : le bien
seul qu'il a fait annonce sa victoire (1).

Le père Porée avait un goût très-vif pour la poésie,
une véritable vocation littéraire, et nous croyons qu'il
ne la sacrifia pas sans peine à ses devoirs de prêtre. Il
n'y a pas jusqu'au gallicisme habituel de son style,
sans parler du caractère mondain des comédies, qui ne
nous révèle cette tendance réprimée par les pratiques
ferventes de la religion. Nous nous trompons peut-être ;
mais l'effort tenté par le père Porée pour reconcilier le
théâtre avec la morale chrétienne, nous semble un résultat de cette disposition de son esprit. Ce n'est plus
un rhéteur ; c'est un chrétien sincère, qui veut tourner
au profit de Dieu les dons précieux que Dieu lui-même
a faits à l'intelligence de l'homme. Illusion, soit !
mais cette illusion honore l'orateur au lieu de le ra-
baisser.

Porée ne défendit pas seulement la morale du christianisme ; il défendit le dogme catholique : « In doc-
« trinis quanti referat neque nimis, neque minus
« credere. » Ce « neque minus credere » s'applique à

---

(1) « Le père Porée avait vécu dans une guerre continuelle avec
« lui-même... Tous les jours, il passait sans le moindre intervalle du
« tribunal de la pénitence à l'autel. » (Mémoires de Trévoux).

la doctrine religieuse, et en effet le temps était arrivé
où les croyances religieuses allaient se compter en
moins. Les « Pensées sur les comètes » avaient annoncé
la venue d'un astre fatal au christianisme, et qui ré-
pandait sur le XVIIIᵉ siècle son lugubre éclat (1).

(1) Bayle. — « Jurisperitus sine lege, judex sine tribunali, miles
« sine gladio, civis sine patria, historicus sine fide, criticus sine
« probitate, censor sine pudore, philosophus sine opinione, theo-
« logus sine religione, omnis homo, et nullus homo... » — « Homo
« malo publico natus, qui, quo primum tempore de cometis nugari
« adorsus est, jam tum præsagire potuit Europa, quam ferale et
« exitiosum rei christianæ sidus in illo ingenio maligne splendido
« oriretur. »

Ce discours a été prononcé devant le cardinal de Polignac. Et dans
le discours : *De criticis* (1731) : « Quam sibi religionem dari velit,
« dicat ipse, vel ejus lectores. Ego nullam adimo ; nullam do. »

Porée a vu avec raison dans le *Dictionnaire critique* l'arsenal où
l'incrédulité du siècle devait puiser ses traits les plus acérés.

Voici les titres des autres discours académiques :

*De eloquentia. Quare varia sit apud varias gentes, mutabilis
apud eandem gentem eloquentiæ forma?*

*De satyra. Utrum satyra in civitate bene morata, et quatenus
admittenda sit* (1710)?

Utrum jure, an injuria, Galli levitatis accusentur (1725)?
Traduit par Rossel, *Mélanges de littérature, de morale et de phy-
sique, par Mᵐᵉ. d'Arconville,* publiés par Rossel ; Amsterdam, 1775,
7 vol. in-12, 7ᵉ. vol.

*Utrum informandis heroibus sit magis idoncum Regnum, an
Respublica* (1727)? dédié au prince de Conti, et traduit, sur la
demande du prince, par le père Brumoy.

Ut in castris, sic in foro suum heroicis virtutibus locum esse
(1729).

*De usu ingenii, sive in eos qui non utuntur ingenio, vel ingenio
abutuntur.*

Cet astre s'éclipsa cependant, mais devant Voltaire, devant cette gloire si funeste à l'esprit sacerdotal;
et ici se présente une question inévitable : Comment se
fait-il que l'éducation donnée à Voltaire par ces maîtres
habiles, par ce prêtre vertueux dont nous venons de
raconter la vie exemplaire, ait fait de Voltaire un aussi
mauvais chrétien? et comment expliquer les contradictions flagrantes de Voltaire à l'égard de ses anciens
maîtres?

La réponse est bien simple. Voltaire a recueilli
l'héritage de la philosophie épicurienne, de cette morale
fondée sur l'intérêt bien entendu et si commode à
l'égoïsme éternel du cœur humain; Voltaire a recueilli
l'héritage de Rabelais, de Montaigne, de Gassendi;
cette philosophie couva sous Louis XIV : le Régent en
fut la vivante expression, et Louis XV, tout en voulant
conserver le dogme, la mit en pratique et en donna du
haut de son trône le plus scandaleux exemple. Ce résultat fut préparé par les dernières années du règne de
Louis XIV : l'hypocrisie et l'intolérance amènent toujours à leur suite la licence et l'incrédulité. Le germe
existait, et Voltaire l'a fécondé. Le père Le Jay ne s'y
trompait pas lorsqu'il lui prédisait « qu'il serait en France
« le coryphée du Déisme. »

Joignez à cela cette marche incessante vers le but
de toute sa vie, la destruction des abus et du fanatisme,
cette lutte de tous les instants contre les obstacles qui
naissaient des institutions et des préjugés, cette irri-
tabilité exaspérée par la résistance, par la persécution,
et qui le poussa par degrés au plus désolant scepticisme,
et vous comprendrez les étranges anomalies que nous
allons signaler.

Rien ne pouvait être plus antipathique à Voltaire que l'esprit de la Société de Jésus. Qu'on se rappelle le père Tout-à-Tous, dans l'Ingénu, et dans Candide, le cri des Sauvages : « Mangeons du jésuite ! » mais l'Ingénu, Candide avaient été d'abord le jeune Arouet, et une date explique tout. D'ailleurs Voltaire, si hardi pour jouir de sa libre et curieuse pensée, était très-prudent, très-circonspect dans la conduite de la vie, et il se ménagea toujours des intelligences dans le camp ennemi. Les Jésuites, par prudence aussi, ne voulaient pas s'aliéner ce disciple redoutable, et perdre tout le fruit de cette grande renommée littéraire. De là un commerce très-délicat, et qui dura tant que vécurent les anciens maîtres de Voltaire.

Il y a deux choses dans ses lettres à son professeur, le père Porée : les sentiments sincères qu'il lui avait inspirés, tout-à-fait indépendants de sa qualité de jé-suite, les souvenirs classiques dus à son enseignement, et ces adroites concessions que sut toujours faire le philosophe de Ferney (1). Mais il y a aussi les progrès de l'âge et de l'expérience, le désenchantement, la désillusion qui s'affichent d'une si triste façon dans

---

(1) La lettre au père de la Tour, si souvent citée, a été écrite pour faciliter l'admission de Voltaire à l'Académie.

« Rien n'effacera dans mon cœur la mémoire du père Porée, qui « est également chère à tous ceux qui ont étudié sous lui. Jamais « homme ne rendit l'étude et la vertu plus aimables. Les heures de « ses leçons étaient pour nous des heures délicieuses, et j'aurais « voulu qu'il eût été établi dans Paris comme dans Athènes, qu'on « pût assister à tout âge à de telles leçons : je serais revenu souvent « les entendre. » (7 février 1746.)

Candide. Ce Pococurante, las de tout, de Raphaël et
d'Homère, ce Pococurante qui, à propos d'Horace,
ne voit pas quel mérite il peut y avoir à dire à son
« ami Mécénas, que s'il est mis par lui au rang des
« poëtes-lyriques, il frappera les astres de son front
« sublime; » et qui a soin d'ajouter que « les sots
« admirent tout dans un auteur estimé, » ce Pococurante, c'est Voltaire; mais trente ans auparavant,
en 1728, suivant Fréron, Voltaire écrivait ces lignes
au père Porée : « Si la Henriade vous plaît, si vous y
« trouvez que j'ai profité de vos leçons; alors sublimi
« feriam sidera vertice. » Voltaire était jeune alors,
un noble enthousiasme l'animait, et celui qui plus
tard écrivit la Pucelle, disait à son ancien professeur :
« Regardez-moi comme un fils qui vient, après plu-
« sieurs années, présenter à son père le fruit de ses
« travaux dans un art qu'il a appris autrefois de lui...
« Surtout, mon révérend père, je vous supplie in-
« stamment de vouloir bien m'instruire si j'ai parlé
« de la religion comme je le dois, car, s'il y a sur cet
« article quelques expressions qui vous déplaisent, ne
« doutez pas que je ne les corrige à la première édition
« que l'on pourra faire encore de mon poème. J'am-
« bitionne votre estime, non-seulement comme auteur,
« mais comme chrétien (1). »

(1) *OEuvres de Voltaire*, édit. de M. Beuchot, t. LI. — Cette
lettre a été publiée pour la première fois par Fréron, en 1769, dans
l'Année littéraire, t. VII.

La lettre porte pour suscription, « A Paris, rue de Vaugirard,
« près de la porte St.-Michel. »

Dans la seconde lettre datée du 7 janvier 1730,
suivant M. Beuchot, le persifflage a déjà remplacé l'enthousiasme; mais Voltaire se persiffle lui-même. Il
s'agit d'OEdipe et des observations du tripot comique
au sujet de cette tragédie. La lettre est charmante :
« J'étais extrêmement jeune... je travaillai à peu près
« comme si j'avais été à Athènes. Je consultai M. Dacier,
« qui était du pays ; il me conseilla de mettre un chœur
« dans toutes les scènes, à la manière des Grecs :
« c'était me conseiller de me promener dans Paris avec
« la robe de Platon... » Il n'y avait pas de rôle pour
l'amoureuse : « Les comédiennes se moquèrent de
« moi... les acteurs, des acteurs petits-maîtres et
« grands seigneurs, refusèrent de représenter l'ou-
« vrage. »

Et comme Voltaire est courtois dans la polémique
littéraire ! Est-ce bien l'auteur de l'*Ecossaise* qui parle
ainsi ? « Je ne suis de son avis sur rien » (il s'agit
des deux OEdipes de La Motte) ; « mais vous m'avez
« appris à faire une guerre d'honnête homme. J'écris
« avec tant de civilité contre lui, que je l'ai demandé
« lui-même pour examinateur de cette préface, où je
« tâche de lui prouver son tort à chaque ligne, et il a
« lui-même approuvé ma petite dissertation polémique.
« Voilà comme les gens de lettres devraient se com-
« battre ; voilà comme ils en useraient, s'ils avaient
« été à votre école ; mais ils sont d'ordinaire plus mor-
« dants que des avocats, et plus emportés que des
« Jansénistes. Les lettres humaines sont devenues très-
« inhumaines ; on injurie, on cabale, on calomnie,
« on fait des couplets. Il est plaisant qu'il soit permis

4

« de dire aux gens par écrit ce qu'on n'oserait pas
« leur dire en face! Vous m'aviez appris, mon cher
« Père, à fuir ces bassesses, et à savoir vivre comme
« à savoir écrire. »

Au sujet d'OEdipe, Voltaire est d'accord avec son
ancien professeur; mais lorsqu'en 1739, il lui soumet
Mérope (1), le disciple se montre moins docile, et avec
tous les ménagements possibles, il fulmine contre les
lieux communs. Il est vrai qu'il s'excuse bien vite :
« Songez seulement, mon cher Père, que ce n'est pas
« un lieu commun que la tendre vénération que j'aurai
« pour vous toute ma vie. »

Il y a quelque chose de touchant dans ces rapports
d'un grand poète avec son ancien maître : « Je vous
« devais *Mérope*, mon très-cher Père, comme un hom-
« mage à votre amour pour l'antiquité et pour la pu-
« reté du théâtre; il s'en faut bien que l'ouvrage soit,
« d'ailleurs, digne de vous être présenté; je ne vous
« l'ai fait lire que pour le corriger. » Et Voltaire se
justifie d'avoir fait une faute de géographie ancienne :
« Messène n'est point une faute de copiste. »

De son côté, le père Porée avait envoyé à Voltaire
un extrait d'un ouvrage sur l'Optique, composé par un
jésuite, peut-être le père Castel, et Voltaire trouve
que cet ouvrage « suffirait pour mettre Newton à la
« tête des physiciens. »

Il paraît qu'on avait rapporté à Voltaire certaines
paroles du père Porée, qui sans doute renfermaient un

_____

(1) Cette pièce, refusée par les comédiens français en 1738, fut
corrigée par l'auteur et représentée le 29 février 1743.

blâme des opinions philosophiques de l'élève. Voltaire
avait touché ce point délicat, et Porée s'était expliqué
à ce sujet dans sa réponse. Aussitôt Voltaire se soumet :
« Je n'avais pas besoin de tant de bontés, et j'avais
« prévenu par mes lettres l'ample justification que vous
« faites, je ne dis pas de vous, mais de moi; car si
« vous aviez pu dire un mot qui n'eût pas été en ma
« faveur, je l'aurais mérité. J'ai toujours tâché de me
« rendre digne de votre amitié, et je n'ai jamais douté
« de vos bontés... je vous conjure de dire à vos amis
« combien je suis attaché à votre Société. Personne
« ne me la rend plus chère que vous. »

Ces rapports entre le maître et son élève sont une
des bonnes traditions de l'ancien régime qu'il est
permis de regretter.

Cette lettre nous apprend que la santé de Porée était
déjà altérée : « Je vous supplie de conserver votre santé,
« d'être long-temps utile au monde, de former long-
« temps des esprits justes et des cœurs vertueux. »

Porée demandait en vain un successeur : il voulait
quitter Paris et ne plus s'occuper que de Dieu. « Depuis plusieurs années, » dit le père Bougeant, « il ne
« connaissait que deux objets, les devoirs de la piété
« et ceux de son emploi. La prière et le travail l'oc-
« cupaient tout entier tour à tour; la charité seule
« avait droit de prendre sur son temps quelques mo-
« ments qu'il donnait à solliciter en faveur du mérite
« et de la vertu indigente. »

Le père Porée fut absent de sa classe un jour seulement; il lutta contre la fièvre, et, trois jours avant sa
mort, il avait repris, au grand étonnement de tous,

ses pénibles fonctions, et célébré la messe. « Le 10
« janvier (1741), on lui administra le saint via-
« tique, et le 11, à cinq heures du matin, l'extrême
« onction : il souhaita ensuite qu'on lui dit la messe ;
« elle était à peine finie, qu'il expira sans agonie,
« étouffé par une obstruction au pilore avec inflam-
« mation... il conserva jusqu'au dernier soupir une
« connaissance pleine et entière (1). »

Cette simple phrase empruntée à l'histoire du siècle
de Louis XIV, contient un digne éloge de Porée :
« Son plus grand mérite fut de faire aimer les lettres
« et la vertu à ses disciples. »

Porée avait placé, en 1712 environ, son jeune frère
auprès de Fénelon, comme bibliothécaire. Ce jeune
homme n'avait pas rencontré des professeurs aussi ha-

---

(1) Mémoires de Trévoux. Il était âgé de 65 ans, 4 mois et 6 jours.
Il fut inhumé dans l'église du collége de Louis-le-Grand. Le père de
la Sante fit son épitaphe, et les deux vers mis au bas du portrait de
Porée, gravé par Balechou, in-4°. :

> Pietate an Ingenio, Poësi an Eloquentia,
> Modestia major an Fama ?

Le père Baudori fut le successeur de Porée, et il fit son éloge dans
son discours « sur la difficulté de succéder aux hommes illustres. »

Nous empruntons le fait suivant à une Notice sur Porée, insérée
dans la publication des « Normands illustres » (1846) : « On rap-
« porte que, lors de la suppression de l'ordre, les commissaires du
« parlement recherchèrent son corps dans le caveau où il était
« déposé, et que, l'ayant trouvé sain et entier, ils y firent jeter de
« la chaux vive. »

On trouve deux lettres inédites de Porée dans la Correspondance
du père André, publiée par MM. Charma et G. Mancel.

biles que son frère, et leur excessive sévérité avait
amené comme toujours chez l'élève le dégoût de l'étude.
Gabriel Porée n'eut que cette seule ressource pour
charmer les loisirs de la convalescence, après avoir
eu le malheur de se casser une jambe. Il avait alors
vingt-cinq ans. Il entra dans la congrégation de l'Ora-
toire; elle passait pour être entachée de Jansénisme,
et cette circonstance engagea peut-être le père Porée
à en faire sortir son frère, et à l'envoyer auprès de
l'archevêque de Cambrai.

Fénelon mourut le 7 janvier 1715; l'abbé Porée fut
donc son bibliothécaire pendant deux ans au moins, et
il put connaître l'âme de Fénelon, « cette âme grande,
« noble, tendre, compatissante, bienfaisante, géné-
« reuse. » Qui s'étonnerait de semblables éloges
lorsqu'il s'agit de Fénelon? Comment n'aurait-il pas
inspiré à l'abbé Porée les sentiments d'une tendre vénération? Il faut lire dans le discours sur ce proverbe : « Après moi le déluge, » et dans la « con-
« clusion de la *Mandarinade*, » l'expression touchante
de ces sentiments. Il faut entendre l'auteur parler des
« conversations du prélat, plus riches encore que ses
« écrits. » — « La liberté des entretiens secrets lui
» permettait de découvrir ce qu'il était trop prudent
« pour confier au papier. Quelque admirable que soit
« ·la facilité de son style, coulant sans inégalité, gra-
« cieux sans affectation, naturel sans négligence, fleuri
« sans ornements superflus, il fallait entendre M. de
« Cambrai pour connaître toute la vivacité de son
« esprit, toute la profondeur de ses réflexions, tout
« le feu de son imagination, et la force inimitable de

« ses expressions. Il peignait, pour ainsi dire, conti-
« nuellement, tant il sentait fortement les choses. La
« facilité ne diminuait rien de la justesse. J'ose dire
« qu'il parlait encore mieux qu'il n'écrivait. On ne
« pouvait bien juger de la totalité de son mérite qu'en
« s'efforçant de lui trouver quelque endroit faible. Plus
« il était pénétré, plus il devenait admirable. L'examen
« le plus critique était pour lui le plus avantageux.
« Dans tous les points de vue, il paraissait un ouvrage
« fini. Quand on rassemblait toutes les qualités de son
« cœur et de son esprit, on était tenté de le regarder
« comme élevé au-dessus d'une condition mortelle. »

N'est-on pas tenté de s'écrier, comme M. de Fontette, vice-protecteur de l'Académie de Caen : « Que
« vous êtes heureux d'avoir été aimé de ce grand
« homme! »

L'abbé Porée est un véritable disciple de Fénelon.
S'il fait tomber le masque dont se couvrent d'indignes
ministres des autels, s'il combat la superstition et l'imposture, c'est qu'il veut « épurer la piété. » — « Nous
« avons assez de dévotions grimacières et de pure
« montre. Je travaille, autant que je puis, à établir dans
« ma paroisse une solide piété, et les sentiments d'une
« religion qui ait son principal siége dans le cœur...
« quelques personnes m'accusent de vouloir trop
« simplifier la piété, sous prétexte de l'épurer (1). »
Qui ne reconnaît ici l'esprit des ouvrages de Fénelon?

(1) *Lettres sur la sépulture dans les églises.* — Le curé Heurtin,
l'auteur des impostures d'Evrecy et de Landes, reprochait à l'abbé
Porée, entre autres choses, « un mépris affecté pour les pratiques
« de la religion. »

Ranimer le sentiment religieux, étouffé par la contro-
verse, par des pratiques minutieuses et machinales,
froissé à la fois par l'autorité impérieuse du sacerdoce
et par l'hypocrisie : tel paraît être le but que ce grand
homme se proposait d'atteindre, et que Bossuet entre-
voyait avec un indicible effroi.

Epurer la piété; tel était le grand besoin religieux
de l'époque, en présence des envahissements de l'incrédulité. Les vices du clergé, favorisés par les rési
gnations des bénéfices et les droits de collation des
patrons et des dignitaires, mettaient obstacle à cette
réforme, et ce sont les vices du clergé que l'abbé
Porée a constamment combattus. Tous ses ouvrages
en font foi, et nous devons croire qu'ils contiennent
fidèlement la pensée de Fénelon, recueillie par son
bibliothécaire.

L'histoire de **D. Ranucio d'Alétès** (1), sous la forme

----

(1) Venise, chez Francisco Pasquinetti, 1736, in-12, figures.

Histoire de D. Ranucio d'Alétès, h'stoire véritable, id., 1738,
in-12, fig.

3ᵉ. édit., *Hist. de D. R. d'Alétès*, écrite par lui-même. Venise,
aux dépens de la Compagnie, 1758, in-12, fig.

Quelques exemplaires, suivant Barbier, contiennent une clef imprimée; il nous a été impossible de nous procurer cette clef.

Raphaël d'Aquilar, ou les moines portugais, histoire véritable
du XVIIIᵉ. siècle, publiée par M. de Rougemont. Paris, Grandin,
1820, 2 vol. in-12.

Nous reproduisons ici une note curieuse mise à la tête de l'exemplaire de la Bibliothèque nationale, éd. 1738, Y ₁; cette note est
de la main de M. du Mersan et signée par lui, avec cette date :
16 octobre 1842. « M. de Rougemont a fait réimprimer ce roman

d'un roman, n'est pas autre chose qu'une peinture
très-exacte et très-spirituelle des mœurs du clergé.
« Tous les vices des hommes, » dit l'auteur dans la préface, « doivent, comme on le sait, leur tribut à la
« censure ; et il n'y a que le préjugé populaire qui en
« ait pu exempter jusqu'ici parmi nous ceux qui la mé-
« ritaient peut-être davantage, je veux dire les moines
« et le clergé. »

C'est surtout contre les moines que cet ouvrage est
dirigé ; ils sont très-bien définis : « Une compagnie
« d'hommes, à qui pour la plupart le dépit et l'étour-
« derie a fait prendre le parti de vivre aux dépens des
« simples qui les admirent. »

Le roman de Porée se compose d'une série de tableaux entre lesquels il ne faut pas chercher un lien
bien étroit, mais qui divertissent toujours le lecteur.
Le licencié Alétès, le financier Grapina, le patriarche
de Lisbonne sont des personnages du temps ; nous re-
connaissons tout de suite le curé de campagne à « sa
« face enluminée et relevée d'un grand nombre de
« rubis bachiques, à ses yeux bordés du plus vif in-

« sous son nom, en 1820, sous le titre de *D. Raphaël d'Aquilar*, etc.
« Il s'est borné à changer les noms des personnages, et il a sup-
« primé dans le deuxième volume une allégorie rabelaisienne qu'il
« n'a pas comprise. »

« Barbier dit, dans son Dictionnaire des anonymes et des pseudo-
« nymes : « Si M. de Rougemont échappe à l'accusation de plagiat,
« il le devra à l'équivoque du mot : *publiée.* »

« J'avais prêté ce roman à Rougemont qui venait de publier son
« roman des Missionnaires ; il l'a fait réimprimer sous son nom,
« sans même m'en prévenir. »

« carnat, à ses joues telles qu'on en donne à Borée, à
« son menton qui lui descend à triple étage sur la poi-
« trine; » le financier, à sa stupidité digne de Turcaret, et l'évêque, à son orgueil. Le conte du « *Diable*
« *malade* » est une charmante fantaisie rabelaisienne;
la bataille des licenciés au sujet du prince Albanius
est une allégorie très-transparente; il s'agit de la querelle du Jansénisme, de l'appel au futur concile, et il
est facile de reconnaître Clément XI dans le prince
Albanius, la Société de Jésus dans Dona Inès Loyolina,
la constitution Unigenitus dans le fils issu de leur union,
le père Le Tellier dans le vieux druide gaulois Tellerio,
« qui avait ensorcelé un des plus grands empires du
« monde, à qui il avait fait adorer des tableaux et des
« poupées à la place du vrai Dieu; » allusion évidente
à l'affaire des cérémonies chinoises. L'elixir diabolique
composé par ce vieux druide, est une allusion à la
feuille des bénéfices, qui était aussi essentielle à la
puissance du confesseur du Roi que les sceaux l'étaient
au chancelier. La vente des bénéfices dont le cardinal
de Noailles avait accusé le père Le Tellier, n'est pas
oubliée. Une autre allégorie plus obscure, celle de la
guerre des singes et des castors, nous semble concerner
la persécution contre les Huguenots et la révocation de
l'édit de Nantes. Mais ce chapitre « exercera l'esprit
« de plus d'un lecteur, » ainsi que le titre l'annonce.
En un mot, ce roman est rempli d'allusions aux affaires
du temps. On trouve même une allusion au fils du Régent, le dévot, qui étudiait le syriaque pour mieux se
pénétrer de la Sainte-Écriture.

Le récit est entremêlé d'épisodes et de nouvelles

qui amusent, tout en atteignant le but de l'auteur. La
maltôte monastique sur la vendange est un tableau
flamand tracé de main de maître. L'abbé Porée est
artiste dans ses descriptions; il peint. Ces moines, en
uniformes différents, assis chacun sur un tonneau, ces
danses de vendangeurs, cette discussion soulevée par
un paysan qui prétend que celui qui ne travaille point
ne doit point manger, le soin avec lequel certains
rats de cave tirent à pleins seaux leur dîme du vin,
le sermon du religieux monté dans un des cuviers et
descendant bien vite pour courir après un mâtin affamé
qui s'était emparé de la mandille monacale et du gigot
qu'elle contenait, enfin la lutte entre le mâtin et son
adversaire, la chute du moine et le partage forcé de
la sainte guenille, tout cela forme une scène incom-
parable et digne du pinceau de Goya.

La prédication des missionnaires et la plantation de
la croix ne sont pas choses moins plaisantes. Qu'on se
figure trois moines montant en pleine église sur une
corde tendue, et l'un d'eux, pour figurer la liberté de
l'homme placé entre le bien et le mal, se tenant en
équilibre, malgré les secousses que donnent alterna-
tivement à la corde les deux autres confrères travestis,
l'un en diable et l'autre en ange, jusqu'à ce que le
moine se casse le nez et prouve par sa chute la fragi-
lité humaine; qu'on se figure les vierges et les femmes
se disputant l'honneur de lever la croix, invoquant, les
unes la présence de la Vierge et de la Madelaine au
crucifiement, les autres les droits de la Vierge au double titre de femme et de vierge, et ceux de la Madelaine au simple titre de fille; enfin la discussion finis-

sant par une mêlée générale des saintes Bacchantes.

L'abbé Porée n'a pas ménagé les abus qui résultaient du mélange du sacré et du profane sur les théâtres des Jésuites; mais cette satire frappe sur les colléges de province, car il ne faut pas oublier qu'il s'agit dans tout ce roman des mœurs de la province. L'aventure qui le termine rappelle un opéra-comique fort connu : Ranucio, déguisé en nonne, se trouve enfermé dans un couvent de religieuses, où il est témoin de désordres trop fréquents alors, et dont Mademoiselle de Montpensier parlait déjà dans ses Mémoires.

Dans le second discours préliminaire de la *Mandarinade*, l'abbé Porée s'est encore élevé, avec l'accent d'une vertueuse indignation, contre « ces oiseaux vo-
« races qui mangent la moëlle des cèdres du Liban. »
Il a très-bien expliqué dans l'*Examen de la prétendue possession des filles de Landes*, la cause de ce mal invétéré : « La superstition, vers laquelle les hommes
« ont un penchant qui n'est que trop déclaré, est for-
« tifiée et entretenue par l'intérêt d'un grand nombre
« de personnes qui tirent avantage de la faiblesse et
« de la crédulité des peuples; il y a sur cet article
« une espèce de monotonie dans tous les siècles et
« chez toutes les nations. Le christianisme naissant
« avait donné de rudes atteintes aux prestiges des ora-
« cles et à toute la manœuvre des magiciens; mais le
« grand nombre des fidèles était encore désintéressé.
« On ignorait alors cette fausse spiritualité qui a cano-
« nisé la mendicité et la fainéantise, le travail des
« mains était en honneur. Au Vᵉ. siècle parurent des
« hommes vagabonds, qui, sous un nom autrefois

« respecté, enlevoient par leurs quêtes ce qui aurait
« dû être employé à la subsistance des veuves et des
« orphelins. S. Augustin (De opere monachorum),
« employa inutilement contre eux cette plume victo-
« rieuse du paganisme et de plus d'une hérésie : on a
« vu reparaître la fainéantise et la mendicité sous de
« nouvelles formes ; l'ignorance et la superstition,
« leurs compagnes inséparables, se sont accréditées
« auprès du vulgaire. On ne connaît que trop leurs fu-
« nestes progrès; leurs partisans se sont rendus aussi
« redoutables qu'ils sont nombreux. »

L'abbé Porée s'en tient à « la saine philosophie qui
« est l'accord de la raison avec la foi. » Cette heureuse définition qui nous fait connaître Porée comme
un chrétien, comme un prêtre formé à l'école de Fénelon, est développée dans un passage remarquable
sous le double rapport de la pensée et du style :
« Deux sortes de personnes ignorent la religion, les
« libertins et les dévots. Les uns et les autres s'ar-
« rêtentà l'extérieur. Les premiers, qui en sont blessés,
« se révoltent et conçoivent de l'aversion pour cette
« religion, qui est infiniment respectable et aimable
» pour ceux qui la connaissent à fond. Les autres s'ar-
« rêtent à des pratiques menues et arbitraires, et se
« nourrissent de cette écorce sèche et insipide. Pour
« plaire constamment et sans dégoût, la religion doit
« être étudiée, connue et approfondie. Or, cela de-
« manderait une sérieuse application et une solidité
« d'esprit, dont les dévots et les libertins sont presque
« tous également incapables. Ceux-ci ne sauraient
« justifier leur incrédulité; ceux-là ne peuvent dé-

« fendre leur croyance. Savoir laquelle de ces deux
« personnes fait plus de tort à la religion, c'est un
« problème à résoudre. Je crois, sauf meilleur avis,
« que la secte des dévots est la plus dangereuse : ils
« ont tous les vices des incrédules, à quoi ils ajoutent
« la duplicité, l'hypocrisie et une envieuse malignité.
« Les incrédules sont des rochers éminents dans la mer;
« leur élévation au-dessus de la superficie des eaux,
« avertit de n'en pas approcher si l'on craint le nau-
« frage. Les dévots sont des brisants cachés sous la sur-
« face trompeuse des flots qui les couvrent; on les
« aperçoit toujours trop tard. »

Nous n'avons pas besoin de faire remarquer la sou-
plesse et l'énergie de ce style nerveux, coloré, où la
justesse de l'expression ne nuit jamais à la force de
l'image. Ce style est également naturel, vif, enjoué. Il
semble que l'abbé Porée ne doit pas moins à Fénelon
sous le rapport de la forme littéraire, que sous celui
de la pensée philosophique et religieuse.

Dans les deux ouvrages que Porée a composés sur
la *Possession de Landes* (1), c'est encore la superstition et l'ostentation dans les pratiques religieuses, qu'il

(1) *Examen de la prétendue possession des filles de la paroisse de
Landes, diocèse de Bayeux*, et *Réfutation du mémoire par lequel
on s'efforce de l'établir*. A Antioche (Rouen), chez les héritiers de
la Bonne Foi, à la Vérité, 1737, 4°. avec cette date : 6 septembre
1735, 27 pages. Préface, avertissement, x pages.

(M. Barbier a mal relaté le titre, et s'est trompé sur la date;
M. Weiss n'a pas connu cet ouvrage).

Le *Pour et le Contre de la possession des filles de Landes, diocèse*

combat avec cette juste mesure, indice d'une foi sincère.

En 1732, peu de temps avant les miracles opérés
sur la tombe du diacre Pâris, une prétendue possession
fit beaucoup de bruit dans toute la province. Des faits
extraordinaires se passaient, disait-on, à Landes, chez
des personnes de condition; ils furent bientôt connus
de tout le monde : « M. Leaupartie distribua dans le
« public, en 1735, un Mémoire pour établir l'obses-
« sion et la possession de ses enfants, et de quelques
« autres filles qui avaient copié les extravagances de
« ces jeunes demoiselles. »

Cette imposture fut l'œuvre d'un sieur Heurtin, curé
de Landes, et directeur-général de toute la famille de
M. de Leaupartie. Ce prêtre avait déjà été interdit au
sujet d'une visionnaire, appelée la Sainte d'Évrecy. Il
trouva dans les demoiselles de Leaupartie des instru-
ments dociles. « Dévotion outrée, lecture continuelle
« de légendes qu'une sage critique n'avait point épu-
« rées; méditations forcées et mal assorties à un âge
« tendre; récitations multipliées de rosaires; confes-
« sions et communions indiscrètement ordonnées; his-
« toires ensuite de possessions et de maléfices; dis-
« cours sur les magiciens et les sorciers; prônes et
« catéchismes où il était plus parlé des Démons que de
« la Divinité, de l'enfer que du ciel. Telle avait été
« l'éducation bizarre et mal entendue des filles de M.

de Bayeux, Antioche (Rouen), 1738, 8°. (du Douet, célèbre médecin de Caen, a travaillé à cet ouvrage).

*Mémoire justificatif de la conduite du sieur Heurtin, curé de
Landes, en 2 parties, 1739, 4°. 139 pages.*

« de Leaupartie.... Toute la paroisse de Landes voyait
« avec édification de jeunes filles de condition prier et
« méditer jusqu'à huit et neuf heures du soir dans
« l'église, à la compagnie de leur curé. C'était cepen-
« dant le corps de ces demoiselles que le Démon avait
« choisi pour y faire sa résidence depuis plus de trois
« ans. »

Les scènes les plus scandaleuses se passèrent bientôt
dans l'église de Landes. « A son retour de Paris, M.
« de Bayeux (de Luynes) fut fort sollicité de venir à
« Landes; il n'avait pas beaucoup d'envie de hasarder
« le voyage; il prit le parti de faire venir ces demoi-
« selles à Villers : il les vit, il leur parla; il reçut
« même un soufflet, et dès-lors il crut qu'il n'y avait
« que le Diable qui fût capable de s'échapper à une
« pareille irrévérence; il ne douta plus de la pos-
« session. »

L'Évêque fit venir à Caen les prétendues possédées,
et le Diable subit un nouvel examen en présence des
docteurs des deux facultés de théologie et de médecine,
et des supérieurs des communautés, tant jansénistes
que molinistes indistinctement.

Les médecins, MM. du Douet, de la Ducquerie et
Boullard, ne s'y trompèrent pas : ils ne virent qu'un
accident très-naturel dans l'insensibilité de ces filles
pendant leurs syncopes. « La servante fut tourmentée
« en différentes manières : on la piquait, on lui brûlait
« la peau, et elle ne montrait point de sentiment. Il
« n'y eut que l'esprit de sel ammoniac que le sieur
« Desfontaines-Boullard, chirurgien, lui enfonça dans
« les narines, qui fit un effet auquel M. et Mᵐᵉ. de Leau-

« partie ne s'attendaient pas. Les larmes coulèrent
« d'abord des yeux de cette servante ; elle jura ensuite
« contre les b. de médecins et le b. de chirurgien qui
« avait fait l'opération. Étant tombée quelques mo-
« ments après en syncope devant les mêmes personnes,
« dès qu'elle vit le sieur Boullard s'apprêter à lui
« donner un pareil remède, elle sortit de cet état
« affecté, et cria qu'elle voulait s'en retourner, et
« qu'elle ne demeurerait pas davantage à Caen entre
« les mains de ces b. de médecins qui la réveillaient
« si incivilement. »

L'Évêque de Bayeux, poussé par M. de Leaupartie,
fit venir de Paris un sieur d'Herbinière, ancien vicaire
de Sainte-Opportune, chassé de la paroisse à cause de
ses rêveries au sujet des diables, et élève d'un prêtre
nommé Charpentier, exorciste alors fort célèbre à
Paris. Ce Charpentier avait été prié de faire le voyage ;
mais il lui avait été impossible de quitter une ville telle
que Paris, « où le clergé était, » disait-il, « tout
« perverti, et où le Diable faisait tant de ravages. »
Enfin il prit le parti d'aller combattre lui-même le
diable normand qui ne voulait pas démordre. Son ar-
rivée devait être le signal du départ de tous ces diables assemblés dans l'église de Landes : « C'était une
« affreuse mélodie que le concert qu'ils y faisaient. »
Enfin l'Évêque, conseillé par des personnes prudentes,
soumit Charpentier à une épreuve devant laquelle le
magnétisme a reculé également de nos jours. Un écrit
connu seulement de l'Évêque et mis sous enveloppe,
devait être divulgué par les possédées. Charpentier fut
confondu : il se tira d'affaire en disant que les preuves

déjà obtenues étaient suffisantes, que Dieu ne permettait pas au Démon de se manifester de nouveau.
L'évêque ouvrit les yeux : Charpentier fut chassé, et
le curé Heurtin reçut un ordre de la Cour de se rendre
à l'abbaye de Bellestoile, ordre de Prémontré; les
demoiselles de Leaupartie entrèrent dans différentes
communautés, tant à Caen qu'à Bayeux.

Tels sont les faits que Porée examine. Cet ouvrage
est fort curieux. Il faut remarquer la parfaite mesure
avec laquelle l'auteur a traité un sujet aussi délicat à
cette époque. Dans l'avertissement, Porée réfute une
feuille imprimée que les possessionistes répandaient
furtivement, et dans laquelle on voulait prouver la
possession des filles de Landes par la possession des
religieuses d'Aussonne (1662). Porée examine ensuite
les préjugés généraux et particuliers qui prédisposent
les esprits au merveilleux; il raconte les faits, y joint
des réflexions aussi justes que piquantes, et discute la
décision de douze docteurs de la Sorbonne, auxquels
M. de Leaupartie avait présenté un mémoire. Les docteurs, au lieu d'imiter la réserve des médecins de
Paris que M. de Leaupartie consulta également, avaient
eu l'art d'embrouiller la question. Porée termine par
un parallèle de quelques possessions, avec celles des
filles de Landes.

Les Lettres sur la sépulture dans les églises (1), sont
encore curieuses à examiner, au point de vue religieux.
Elles se rattachent à l'un des actes les plus importants

(1) *Lettres sur la sépulture dans les églises, à M. de C...., à Caen,*
chez Pyron, 1745, in-12.

du culte, aux prières prononcées sur la tombe des morts. Voulez-vous connaître les sentiments religieux d'un peuple? Visitez ses tombeaux. Cette simple vue vous instruira mieux que tout le reste. N'est-ce pas la religion qui seule dirige les regards de l'homme vers une autre vie?

L'abbé Porée, attaque avec raison, comme l'a fait Voltaire, l'usage d'inhumer dans les églises (1). Il propose de placer les cimetières hors des villes : c'est le plan qui a été mis plus tard à exécution (2). Mais il est à regretter que nos cimetières ne présentent pas le

(1) Une dame s'excuse ainsi vis-à-vis de son curé, qui lui reproche son peu d'empressement à fréquenter les offices : « J'entrai « un jour dans votre église, on y respirait une odeur insupportable. « Des fosses nouvellement ouvertes, et qu'on n'avait point encore « refermées, exhalaient une vapeur empestée. J'aperçus même, sous « un banc, une portion de cadavre, que les fossoyeurs y avaient « oubliée. »

Et l'auteur ajoute en note : « Ceci n'est point une fiction : il y a peu de temps que cela s'est passé. »

Porée indique la cause du mal : « La sépulture dans les églises « est une des ressources de nos fabriques. »

(2) L'auteur ne prévoyait pas un autre abus, la fosse commune. Le gouvernement s'occupe actuellement de cette réforme, réclamée à la fois par la religion et par l'esprit de nos institutions nouvelles. Porée a du moins indiqué une mesure qui a été récemment adoptée : « Il y aurait dans les villes des charriots publics, pour le transport « des morts, après qu'on leur aurait rendu dans les églises les de- « voirs prescrits par la religion. Après le service public, deux ou « plusieurs ecclésiastiques les accompagneraient jusqu'au lieu de la « sépulture. Il y aurait pour les pauvres des charriots entretenus « par la piété des fidèles. »

Des ecclésiastiques ont été récemment attachés aux différents ci-

caractère éminemment religieux que Porée voulait leur
donner, le caractère d'une ville morte et recueillie,
placée, comme un sublime enseignement, à côté de la
ville des vivants.

Déjà, dans son roman satirique, Porée avait tracé,
au sujet d'un enterrement, une scène scandaleusement
plaisante. Le licencié Alétès demande six ducats à un
paysan pour enterrer sa femme : — « Six ducats! elle
« ne les valut jamais, » s'écrie le paysan. Il mar-
chande, il finit par obtenir du licencié qu'il se contente
de la moitié de la somme. Mais quelle messe! « Jamais
« basse-messe ne fut si courte, que la grande qu'il
« chanta. Les vivants ne furent pas beaucoup étourdis
« du carillon de la défunte, on ne se servit que des
« ornements les plus communs : bref, on en donna
« au bon homme Pérès pour son argent. »

Porée avait le droit de satire sur ses confrères : ce
droit, il l'avait conquis par une vie irréprochable,
consacrée aux fonctions du saint ministère. De la cure
de Noyant en Auvergne, il passa, le 21 juin 1723, à
la cure de Louvigny, près de Caen, fut nommé chanoine de St.-Patrice de Bayeux en 1729, et se retira
dans sa ville natale en 1741.

Porée se retrouvait auprès de ses parents, dans
le voisinage d'une cité célèbre depuis long-temps
par le grand nombre de beaux esprits qu'elle ren-
fermait. Caen possédait une Académie fondée par

metières de la capitale, à l'effet de prononcer sur la tombe du
pauvre les dernières prières de l'Église.

Porée voulait à coup sûr que ces prières fussent récitées sur le
cercueil du pauvre, au moment où il va être confié à la terre.

Moysant de Brieux, en 1651, « une Académie de vo-
« lontaires, » comme disait M. de Fontette, et quels
volontaires! Huet, Bochard, Segrais. M. Foucault, intendant de la généralité de Caen, avait obtenu, en
1705, des lettres-patentes pour l'établissement de
cette Académie, célébrée par Bayle.

Il ne nous appartient pas de faire l'histoire de l'Académie de Caen ; mais elle nous pardonnera d'avoir
rappelé ses titres de noblesse : elle a été confirmée
par Louis XIV, elle se rattache au grand siècle.

Porée s'empressa d'obtenir le titre d'académicien,
le « cordon bleu » des beaux esprits, suivant Segrais.
Il fut reçu en 1730, et il composa alors son discours
sur la naissance et le progrès des sciences et des arts.
M. de Luynes, évêque de Bayeux, protecteur, lui in-
diqua ce sujet, et ce discours servit en quelque sorte
d'introduction au renouvellement de l'Académie.

L'auteur examine l'origine et les progrès des arts et
des sciences chez les Assyriens, les Égyptiens et les
Grecs. La Genèse, prise dans le sens convenu, lui sert
de point de départ; il montre la nécessité enfantant
les arts et les sciences qui se produisent mutuellement ;
la guerre fécondant le sillon tracé par la nécessité ;
l'Orient élevant les premières cités du monde ; les cal-
culs astronomiques dégénérant bientôt en astrologie et
en manichéisme; la médecine sortant du sein des tem-
ples ; l'Égypte passant des hiéroglyphes à la peinture
et à la statuaire ; la Grèce poétisant la religion et di-
vinisant la poésie ; les langues anciennes si riches, si
souples, si variées ; les Grecs donnant à l'architecture
ses ordres, à la musique ses différents goûts et ses

divers caractères ; l'éloquence devant ses plus grandes
victoires à l'amour de la liberté , et attendant de la religion chrétienne la gloire d'une seconde naissance et
d'une nouvelle splendeur ; la philosophie moins im-
puissante sur l'art de penser et la doctrine des mœurs
que sur l'explication des êtres naturels et des différents
phénomènes ; le théâtre grec supérieur à tout ce que
nous ont laissé les autres nations ; enfin les Romains
marchant sur les traces des Grecs et attachant pour
ainsi dire les Muses à leur char.

Tel est le tableau varié que l'abbé Porée met sous
nos yeux ; il termine par un bel éloge de la France que
visitait le czar Pierre I, et par un vœu qui se réalise
de nos jours : « Ayons moins d'éloignement pour l'éru-
« dition et pour l'étude des langues savantes, que
« l'amour de la nôtre nous fait trop négliger, sûrs de
« plaire à tous les siècles, lorsque , par un heureux
« accord, nous joindrons à la délicatesse française la
« solidité anglaise et l'érudition germanique. »

Ce discours est plein de vues ingénieuses et spiri-
tuellement exposées. L'érudition y est habilement mise
en œuvre , et laisse toujours voir l'homme qui pense.
Elle est dirigée par un goût sûr, et n'a rien d'affecté ,
de prétentieux. Enfin le style présente les mêmes qualités que nous avons déjà signalées, la force et l'énergie
jointes à l'élégance et à l'éclat.

L'abbé Porée n'avait pas attendu pour résigner sa
cure que le fardeau lui parût trop pesant. Nommé
chanoine honoraire du Saint-Sépulcre, il put se livrer
tout entier à l'étude. Dès 1740, il avait fondé les Nouvelles littéraires, qui se composaient de mémoires
fournis par les académiciens et d'autres pièces en-

voyées par les littérateurs de la province (1). L'Avertissement contient une heureuse apologie des Académies : « Les Académies réunissent des personnes
« de différents états et de professions diverses. Dans
« ce concours chacun apporte ce qu'il a d'avantageux,
« et se met en garde contre ce qui pourrait lui
« être reproché. L'homme de guerre s'y présente
« avec cette franchise et cette politesse dont les
« armées sont la meilleure école. Le magistrat et le
« jurisconsulte y montrent un esprit orné de con-
« naissances utiles, et rempli de ces principes d'équité
« que l'on puise dans l'étude du droit naturel. Le mé-
« decin et le philosophe y parlent de la nature et de
« ses effets avec une aménité qui fait honneur à la
« sagesse et avec une profondeur qui fait admirer
« l'art de Dieu, si j'ose m'exprimer ainsi. »

Porée défend aussi les Recueils littéraires, et indique le but que l'Académie se proposait : « Notre
« principal dessein est d'exciter à l'étude la jeunesse
« qui vient se former en cette ville. Nous nous efforçons
« de lui inspirer le goût de la littérature. Nous lui in-
« diquons les ruisseaux pour l'engager à remonter aux
« sources. Nous lui donnons occasion de juger, et, par
« le plaisir flatteur d'exercer son jugement, nous lui
« offrons quelques moyens de le former. »

Cette préface montre avec quel zèle Porée travaillait,

(1) *Nouvelles littéraires*, à Caen, Mme. Rudeval, 4 vol. in-8°.
1740-1744. — Morval s'occupa de cette feuille en 1741 ; dès 1742,
Porée fut consulté pour tous les n°°., et la direction appartint à lui
seul en 1744. Dans l'Avertissement de cette dernière année, on lit :
« Nous allons donc succéder à ceux qui l'ont servi (le public) les
« années précédentes. »

de concert avec l'Académie, à entretenir et à répandre
le goût des lettres dans la province. Les améliorations
matérielles n'étaient pas oubliées. « Une preuve bien
« frappante, » dit-il, « de l'utilité des Sociétés lit-
« téraires est la perfection du goût dans tout ce qui
« est du ressort des beaux-arts et principalement de
« l'architecture..... Nous avons lieu de nous congra-
« tuler à présent sur cet amour du bien public ranimé
« dans la personne de nos sages magistrats, qui con-
« spirent efficacement à procurer la commodité et l'em-
« bellissement de notre ville, qui, par sa situation, s'en
« trouve fort susceptible. Considérez l'élargissement
« de ses rues, la propreté de ses places, l'agrément
« de ses promenades, et vous ne pourrez que regretter
« les dépenses qui n'ont pas eu ces objets légi-
« times (1).... Heureux les citoyens dont les princi-
« paux sont mus par l'amour de la patrie. Comme ce
« qui est public appartient à tous, le pauvre partage
« tous ces avantages avec le riche : communication
« pleine d'humanité, qui ramène les hommes à une
« égalité dans l'essentiel. »

(1) Ces réformes étaient nécessaires à en juger par ce passage de
l'épître dédicatoire de la *Mandarinade* : « Le plus mince bourgeois
« se pique aujourd'hui d'avoir du vin en cave, liqueur réservée de
« mon temps » (c'est l'abbé de Saint-Martin qui parle,) « pour les
« autels, ou pour les malades, tout au plus pour ces festins que
« nous faisions aux étrangers inaccoutumés aux liqueurs du pays.
« Encore aujourd'hui, il n'y a point de festin public, ou de con-
« frérie, où l'on ne dépense assez pour faire paver les places publi-
« ques, qui ne sont qu'un amas de boue, en hiver, et un tas de pous-
« sière dont le vent forme des tourbillons, en été. »

Nous avons vu Porée défendre la religion bien entendue, et donner les préceptes d'une véritable piété :
nous trouvons maintenant en lui un citoyen zélé pour
le bien public et mettant sa plume au service de toutes
les réformes utiles.

Il s'occupait de l'histoire de l'Académie : « L'histoire
« de cette Académie, qui compte bientôt un siècle
« d'antiquité, est un ouvrage qui paraîtra un jour,
« lorsque la personne qui s'en est chargée, aura ra-
« massé les matériaux qui doivent servir à sa compo-
« sition. La difficulté est de recouvrer les documents
« épars, cachés ou retenus dans les cabinets, et dans
« les bibliothèques, il serait à souhaiter que ceux qui
« en sont dépositaires, devinssent plus communicatifs,
« et qu'ils eussent plus à cœur la gloire de notre pro-
« vince. On devrait réfléchir que cette gloire devient
« en partie la nôtre, et qu'elle est une source d'ému-
« lation. Je m'en suis déjà plaint plus d'une fois ; on
« n'est aujourd'hui occupé que de soi-même, quelque-
« fois d'une manière assez basse. Parvenir à l'opu-
« lence et par l'opulence à des titres qui n'honorent
« point réellement, est presque l'unique étude. L'amour
« de la patrie, si vif chez les anciens, est ou ignoré
« ou très-languissant parmi nous. J'en pourrais assi-
« gner plusieurs causes très-sensibles ; mais il est de
« la prudence de se taire, quand il est dangereux, et
« qui plus est, quand il est inutile de parler. »

Ces causes, Porée les a signalées dans l'épître dédicatoire de la *Mandarinade* et dans l'Avertissement
qui précède cet ouvrage : « Avec son vin et ses repas, »
dit l'ombre de l'abbé de Saint-Martin, « Caen a-t-il

« aujourd'hui autant de poètes et de savants qu'il en
« a eu autrefois? Il y a encore beaucoup d'esprit,
« j'en conviens; mais songe-t-on aujourd'hui à le cul-
« tiver? Les études ne se font plus que pour la forme
« et pour posséder les charges et les emplois; on
« s'imagine follement qu'un peu de brillant peut sup-
« pléer à tout. »

    « —Au goût des lettres qui régnait alors, » dit Porée
dans l'Avertissement de la *Mandarinade*, « a succédé
« le goût du siècle présent; c'est-à-dire un désir fu-
« rieux de s'enrichir par toutes sortes de voies, une
« avidité insatiable, qui n'est plus honteuse à force
« d'être publique, et qui se croit canonisée parce
« qu'elle se trouve dans les professions les plus saintes,
« et enfin un mépris orgueilleux du mérite, lorsqu'il
« est destitué d'un dehors éclatant. Qu'on me par-
« donne ce trait; ce n'est point le chagrin qui me l'ar-
« rache, c'est une vérité à laquelle ma plume n'a pu
« se refuser. »

    Et plus loin : « Le désir de s'immortaliser, si vif chez
« les anciens, est maintenant presque éteint dans tous
« les cœurs, l'amour-propre se renferme tout en lui-
« même; il veut tout pour soi, et presque rien pour
« le public; il veut tout pour le présent, et presque
« rien pour un avenir éloigné. Tout ce qui est au-delà
« de cette vie, paraît une chimère »

    Il y a deux causes à ce mal : « La première est
« l'obscurcissement de la vérité de l'immortalité de
« l'âme, dont l'Épicurisme et le Spinosisme ont ruiné
« ou affaibli la croyance dans un grand nombre d'es-
« prits. La seconde qui tient à la première, c'est que

« presque toutes les richesses du royaume ont passé
« et passent encore tous les jours dans des familles
« qui s'élèvent par les moyens que l'on sait.... Il n'y
« a pas beaucoup plus à espérer de la noblesse; l'an-
« cienne est pauvre, ou mal dans ses affaires ; la nou-
« velle, malgré son orgueil, est sans élévation dans ses
« sentiments, et la roture originale influe presque
« dans tout ce qu'elle fait. »

Qu'on joigne à ces observations celles qui précèdent
et qui concernent l'état des esprits en matière religieuse ; qu'aux tableaux de mœurs tirés du roman de
D. *Ranucio d'Alétès*, on ajoute ceux que nous avons
extraits des comédies du père Porée, et on aura une
idée de la première moitié du XVIII°. siècle, de cette
singulière époque où tout se décomposa, où la société
laïque et cléricale sembla prendre plaisir à se rendre
décrépite comme les institutions.

Les Nouvelles littéraires contiennent de Porée,
outre « le discours sur la naissance et le progrès des
« sciences et des arts, » une jolie fable : « Hannon de
« Carthage. » Hannon dresse des oiseaux à répéter
ces mots : Hannon est un Dieu; puis il rend la liberté
à ses captifs qui oublient bientôt la leçon et

« Si quelqu'un par hasard chantait d'un ton agreste :
« Hannon... Hannon est un... L'oiseau sifflait le reste. »

— « Des réflexions sur la taille gigantesque attribuée
« par un savant aux premiers hommes. »

Ces réflexions concernent une table dressée par M.
Henrion, de l'Académie des Inscriptions et Belles-
Lettres, et dans laquelle il prétendait établir la diffé-
rence des tailles humaines depuis la création du monde

jusqu'à la naissance de J.-C. Adam avait, suivant M. Henrion, 123 pieds 9 pouces de haut ; Ève 118 pieds 9 pouces trois quarts ; mais Noë avait déjà 20 pieds de moins qu'Adam, etc. Porée démontre facilement la futilité de pareilles suppositions.

Un discours sur le paradoxe : « De la nature du pa-« radoxe, de son étendue et de ses usages. »

Porée passe en revue divers paradoxes scientifiques et littéraires, et recommande l'emploi d'une exacte analyse pour découvrir si le paradoxe a des fondements légitimes, ou s'il n'a qu'une écorce spécieuse.

En 1753, nous retrouvons l'abbé Porée secrétaire de l'Académie. M. de Luynes, évêque de Bayeux, venait d'être nommé archevêque de Sens ; il était le protecteur de l'Académie, et elle tenait chez lui ses séances. Dès-lors elles eurent lieu à l'Hôtel-de-Ville ; « et si l'Académie errante avait pu languir, elle dut se « ranimer en respirant son air natal (1). » Cet Hôtel-de-Ville était la maison de Moysant de Brieux, fondateur de l'Académie.

Porée ne fit pas preuve de moins de zèle comme secrétaire de l'Académie que comme rédacteur des Nouvelles littéraires.

L'Académie savait ce qu'elle pouvait attendre de lui, et M. de Fontette fut son digne interprète sans doute lorsqu'il dit à l'ancien bibliothécaire de Fénelon : « Que « vous êtes heureux, Monsieur, d'avoir été aimé de

(1) *Mémoires de l'Académie des Belles-Lettres de Caen.* 1754-55-57-60-62. in-8". — Année 1754, *Discours de M. de Fontette,* vice-protecteur.

« ce grand homme! Votre témoignage, qui ne peut
« être suspect sur rien, l'est encore moins sur ses sen-
« timents. Ils ont passé dans vos ouvrages qui res-
« pirent tous l'amour du bien public. »

Porée venait de lire un discours sur ce proverbe :
« Après moi le déluge, » et en faisant l'éloge de
l'amour de la patrie, il avait rappelé ces paroles mémo-
rables de Fénelon : « J'aime mieux ma famille que moi-
« même ; j'aime mieux ma patrie que ma famille ; mais
« j'aime encore mieux le genre humain que ma pa-
« trie. » « Paroles que le marbre et le bronze devraient
« rendre immortelles. Tel était l'ordre, telle était
« l'étendue de sa bienveillance. Elle atteignait à toutes
« les distances, en s'éloignant du centre, elle croissait
« en force et en vivacité. L'exercice de la bienfaisance
« suit un ordre inverse dans la pratique, il est vrai,
« parce que cet exercice est limité dans son pouvoir ;
« mais dans la concurrence d'un intérêt général, avec
« un intérêt particulier, avec un intérêt personnel,
« l'intérêt général doit l'emporter, suivant les degrés
« de son étendue. Un auteur peut enseigner de belles
« maximes, et peindre des sentiments qui lui sont
« étrangers. L'illustre Fénelon a écrit comme il a
« pensé et comme il a vécu. Ses ouvrages sont le por-
« trait d'une âme grande, noble, tendre, compatis-
« sante, bienfaisante, généreuse, et cette âme était
« la sienne. L'âme en effet agrandit et perfectionne
« son être dans la proportion de la bienveillance qui
« l'anime. Destituée de bienveillance, l'âme est faible,
« étroite, petite, rampante, l'envie la retient, la cu-
« pidité la resserre, la crainte l'affaiblit. »

A partir de cette époque, l'abbé Porée lut dans les
séances publiques de l'Académie un grand nombre de
dissertations :

— Quel est le style propre à la philosophie?

Porée fait ressortir l'importance de la philosophie :
« Elle embrasse toutes les connaissances divines et
« humaines. Elle s'occupe de tout, elle traite de tout,
« elle enseigne tout ce qui est du ressort de la raison;
« elle médite et elle découvre ; elle cherche et elle
« est quelquefois assez heureuse pour rencontrer ; elle
« doute, ensuite elle se décide; elle fait des expé-
« riences, elle les réitère, et puis les expose ; elle
« soutient provisionnellement ce qui lui paraît vrai,
« et combat ce qui lui semble faux; elle élève des
« systèmes, et elle en détruit; elle admet des hypo-
« thèses, et elle en réfute; elle soutient des thèses, et
« compose des traités. »

On ne se serait jamais avisé, à cette époque, de dé-
crier l'antiquité au profit du moyen-âge, et de jeter,
au nom de la pureté de la foi, je ne sais quelle ab-
surde réprobation sur la pureté et l'élégance du lan-
gage : « C'est le mépris des bons modèles qui a rendu
« barbares les ouvrages des scholastiques, si juste-
« ment décriés aujourd'hui ; déserteurs de la saine an-
« tiquité, ils s'étaient fait un idiome particulier, qui
« était uniquement à eux, et qui n'était entendu que
« parmi eux. Héritiers de la haine des Goths pour le
« nom romain, il semble qu'ils eussent conspiré contre
« la langue latine. »

Porée conclut « que les philosophes doivent joindre
« les agréments à la solidité, l'aménité à la force, la

« décence à la dispute, la modération à la critique,
« la douce émotion des sentiments aux preuves con-
« vaincantes de la raison, si la matière le comporte. »

— Trois lettres sur la nature de la douleur, sur ses
effets et sur ses usages (1755).

— Observations sur l'imposition des noms propres et
des surnoms (1755).

— Essai sur le bâillement (1756).

Porée a traité d'une façon intéressante un sujet qui
semblait assez ingrat au premier abord. Il y a dans
cette dissertation quelques passages d'un caractère
tout-à-fait mondain, qui nous rappellent les comédies
du père Porée. — « Si nous avions un parfait empire
« sur le bâillement, la plupart des dames se l'interdi-
« raient pour toujours; mais ce mouvement prévient
« le consentement de la volonté; elles consultent le
« miroir pour ouvrir la bouche avec agrément.

« Peu parviennent à être contentes d'elles-mêmes :
« le bâillement ne se prête point aux grâces, ainsi que
« le sourire et les larmes. Pour cacher le désagrément
« d'une bouche béante, elles ont recours à l'éventail,
« dont l'exercice a plus d'un usage. L'hiver, elles
« opposent leur main, heureuses si elle est d'une
« forme à se faire admirer, ou si quelque diamant de
« prix appelle les yeux des spectateurs; alors elles
« s'efforceront mollement de cacher cette marque
« d'ennui; elles pourront même l'affecter : ce qui ne
« convient pas aux unes peut être favorable aux au-
« tres. On en a vu qui craignaient tant de laisser voir
« le plus léger dérangement dans leurs traits, qu'elles
« n'osaient manger et boire en présence des personnes

« à qui elles désiraient de plaire. N'est-ce pas là se
« rapprocher de l'attitude des idoles, et briguer le
« culte qui leur fut autrefois rendu? »

Voici une scène qui se passe tous les jours dans les
salons : « Un homme âgé se présente : le premier instant
« ne lui sera pas favorable, il verra sur le visage d'une
« jeune personne une impression triste et sérieuse ; il
« parle, il dit des choses obligeantes et flatteuses, la
« glace versatile représente autrement ; la jeune per-
« sonne oublie les traits surannés du vieillard, elle lui
« pardonne son âge, elle lui trouve encore une espèce
« de fraîcheur. Un homme peu connu entre dans une
« compagnie habillé simplement : que de froideur dans
« l'accueil qu'on lui fait! On vient à savoir qu'il est
« riche, opulent et qu'il a du crédit à la Cour, on
« l'écoute avec attention, on le regarde avec respect.
« Annonce-t-on un savant? On se prépare déjà à l'ennui,
« peut-être a-t-on déjà baillé. Ce savant n'est pas un
« pédant, c'est un homme poli, vif, enjoué, badin,
« plein d'heureuses saillies ; on s'étonne, on admire,
« et on a peine à croire qu'il soit philosophe, on lui
« accorde simplement la qualité de galant homme,
« homme d'esprit. Une belle personne, un cavalier
« bien fait, à qui on ne connaissait point d'engage-
« ment, sont introduits dans un cercle, on s'apprête
« à leur inspirer des sentiments et à en recevoir. Vient-
« on à savoir qu'ils sont mariés depuis peu? L'intérêt
« change, les émotions s'évanouissent, les prétentions
« cessent et la conversation prend un tour différent. »

Voilà « l'air de famille » dont parlait M. de Fontette, à propos des ouvrages des deux frères.

— Observation critique sur deux vers de Lucain, traduits par Brébeuf.

— Avis économiques sur la nécessité et les moyens de tenir propre et de conserver le linge d'usage (1758).

— Avis économiques sur le cidre.

Ces avis ne sont pas les mémoires les moins importants et surtout les moins utiles de tous ceux que l'abbé Porée a composés. Ils peuvent être consultés avec fruit; mais on comprendra facilement l'impossibilité d'une analyse. De pareils travaux sont la meilleure réponse à faire aux critiques chagrins qui reprochent aux Sociétés littéraires leur inutilité; mais Porée, qui les défend avec raison sur ce point, ne veut pas non plus qu'un sombre rigorisme leur interdise l'agréable et le curieux.

L'abbé Porée lui-même prêchait d'exemple, et il mettait en pratique le précepte d'Horace : il joignait dans ses écrits l'utile à l'agréable. Cette même plume qui donnait de sages avis pour l'entretien de la santé, qui indiquait les moyens d'obtenir « un cidre rafraî- « chissant, pectoral, favorable à la voix, ami de l'em- « bonpoint et d'une belle carnation, un cidre dont la « couleur brillante ressemblât au plus riche des mé- « taux, » cette plume, sérieuse et facile à la fois, traçait comme en se jouant le grotesque portrait d'un homme qui a eu long-temps le privilége de faire rire à ses dépens la ville de Caen tout entière : il l'avait pourtant embellie cette ville, toujours à ses dépens; mais, comme le dit Porée, « le vice et le ridicule « fixent plus sûrement le souvenir d'un homme, que « la vertu et le mérite. » Cinquante ans après sa mort,

Il n'était presque plus connu que par le surnom ridicule de Saint-Martin de la Calote.

Un jour, cet homme, non content des neuf calottes
et du capuchon qu'il portait en hiver, voulut y joindre
un bonnet de mandarin, et c'est l'histoire comique de
ce mandarinat que Porée nous a conservée (1).

Supposez M. Jourdain marié à une demoiselle noble,
ayant un fils digne de son père; supposez ce fils plus
vain encore que lui, et vous aurez une idée de ce
qu'était l'abbé de Saint-Martin.

Il était né vers le commencement du règne de
Louis XIII; son père, riche marchand de St.-Lo, avait
épousé une demoiselle de la ville de Caen, et il avait
acheté une noblesse du Canada : il était devenu marquis de Miskou. Son fils fut envoyé à Caen; il eut un
habit d'écarlate, un précepteur gentilhomme, et il fit
dès-lors l'apprentissage des railleries qui devaient le
poursuivre toute sa vie. Il voyagea, il alla à Rome,
et tout ce qu'il rapporta de la ville éternelle fut le
bonnet de docteur, une charge de protonotaire du Saint-
Siége, et un indigeste ouvrage intitulé : « Gouverne-
« ment de la ville de Rome. » Ce gros volume acheva
de lui tourner la tête : on n'eut pas le courage de le
critiquer.

(1) *La Mandarinade, ou Histoire comique du Mandarinat* de
M. l'abbé de Saint-Martin, marquis de Miskou, docteur en théologie
et protonotaire du Saint-Siége apostolique, etc., à La Haye, chez
P. Paupie, sur le Spuy, 1738. 1er. vol. in-12.; 2e. et 3e., 1739.
Rare. — Portrait par Thomassin.

La première partie de *La Mandarinade* a été réimprimée en 1769;
à Siam, et se trouve à Caen, chez Manoury fils. in-12, 134 p.

L'abbé de Saint-Martin s'établit à Caen, et il voulut
mettre son livre en pratique : le voilà donc imitant les
usages de la cour de Rome dans ses habits, son train,
sa table et ses dévotions. Élu recteur de l'Université,
il se met en tête de faire porter des robes grises et des
toques à tous les étudiants, à la manière des collèges
de Rome. Non content de batailler avec l'Université,
il veut réformer la cave des Cordeliers chez lesquels
il était logé ; mais St.-Martin ne tenait pas seulement
de M. Jourdain, il tenait aussi du Malade imaginaire :

« Affublé de huit bonnets gras,
« Botté de huit paires de bas,
« D'un vent coulis la sourde atteinte
« Me fait encor frémir de crainte. »

Pour « faire la nique au plus grand froid et aux vents
« coulis, ses ennemis irréconciliables, » Saint-Martin
avait fait construire un lit de brique, ou plutôt un four
natté en dedans et en dehors. Quand les Cordeliers
voulurent le faire déloger, Saint-Martin plaida : Comment faire démolir et rebâtir, en hiver, un lit de
brique dans l'espace de trois mois et un jour? L'affaire
fut portée devant le marquis de Coigny, gouverneur et
bailli de Caen, et il accorda au sieur de Saint-Martin
le même délai qu'aux boulangers et aux pâtissiers,
c'est-à-dire six mois.

L'abbé de Saint-Martin eut un grand nombre d'aven-
tures de ce genre; tout était burlesque en lui (1), et
un sien cousin, docteur et professeur aux droits,

(1) Vigneul-Marville l'a dépeint dans ses *Mélanges d'histoire et
de littérature*, t. I.

« un grand homme, mélancolique, qui ne riait pres-
« que jamais, » ne laissait pas à son extravagance le
temps de s'endormir; M. de Saint-Martin semblait être
venu au monde pour délasser M. Gonfrey de l'étude
sèche et sérieuse du Code et du Digeste.

L'abbé de Saint-Martin avait tout fait pour obtenir la
gloire, et il n'avait recueilli que le ridicule. Il avait
publié des Relations de ses voyages, des brochures,
des éloges, des traités, des « Moyens faciles et éprou-
« vés pour vivre près de cent ans, » « pour se donner
« des enfants qui *aient bien de l'esprit ;* » il avait orné la
ville de Caen d'un grand nombre de statues; il avait
fait relever « la Belle-Croix » abattue par les Huguenots; il avait fait réédifier l'École de théologie; il avait
fondé à perpétuité une chaire de théologie morale dans
le collége des Jésuites, etc. Tant de peine et de soins
aboutirent à une mystification (le mot n'existait pas
alors, mais il aurait fallu l'inventer), qui fit de l'abbé
de Saint-Martin la fable de toute la province.

Le chevalier de Chaumont venait d'être nommé à
l'ambassade de Siam; deux ou trois beaux esprits de
Rouen s'avisèrent d'écrire, au nom de l'ambassadeur,
à M. de Saint-Martin, pour lui demander des conseils au
sujet de cette mission. L'abbé, charmé de cette lettre,
s'empresse de faire une réponse ridicule, adressée :
« à Paris, chez le sieur Bigot, Indien, rue de la Vieille-
« Monnoye, au Tabouret-Vert. » Voilà donc M. de Saint-
Martin travaillant à un mémoire pour l'ambassadeur,
s'empressant de le faire imprimer et de l'envoyer.
Dès-lors il fut perdu! la mystification fut poussée
jusqu'au bout avec une logique inexorable : réponses

de l'ambassadeur, désir manifesté par le Roi de Siam
d'avoir Saint-Martin à sa cour, visite d'un enseigne de
vaisseau qui avait fait le voyage de Siam, et enfin ar-
rivée à Caen d'un ambassadeur du Roi de Siam, mandarin du premier ordre, et de huit autres mandarins,
avec une grande suite et un nombreux cortége de cha-
meaux, d'éléphants et de dromadaires.

Les acteurs de cette scène singulière étaient les écoliers de l'Université de Caen, presque tous parents de
M. de Saint-Martin. Le mélancolique M. Gonfrey présidait à cette nouvelle cérémonie du bourgeois gentilhomme, et son fils était un des mandarins. Ceci se
passait vers le temps du carnaval de l'année 1687 ; les
écoliers se peignirent le visage de plusieurs couleurs,
prirent des habits de théâtre à la romaine, et se ren-
dirent chez le nouveau mandarin qui, lui, avait pris
ce jour-là son habit de protonotaire ; on le harangue
en siamois, on lui traduit une lettre du Roi de Siam ;
il accepte la dignité de mandarin, mais il fallait aller
à Siam ; voilà Saint-Martin dans le plus grand embarras :
quitter sa patrie, à son âge ! D'un autre côté, l'ambassadeur voulait l'emmener de gré ou de force ; que
faire ? Heureusement M. Gonfrey était là : que M. de
Saint-Martin s'adresse à l'Intendant, au Colonel du
régiment du Roi ; ils lui prêteront main forte.

Ces Messieurs, et surtout Segrais qui était alors premier échevin de Caen, et dont Saint-Martin faisait les
délices (1), n'avaient pas eu leur part de la fête ; M.

(1) Il avait fait placer, dans le lieu où se réunissait l'Académie, un
grand nombre de portraits de personnages illustres de la province,
et un petit buste de Saint-Martin, « avec son chapeau tel qu'il le
« portait, pour marier le plaisant avec le sérieux. »

Gonfrey s'était chargé de la leur procurer. M. de Gour-
gues s'empresse de faire appeler Segrais, et il donne
audience à Saint-Martin, qui, pour ne pas aller à Siam,
fait valoir ses soixante-quatorze ans, ses infirmités, et
demande la protection de l'Intendant. Segrais arrive,
le Lieutenant-Général se rencontre là comme par hasard, et ces Messieurs discutent gravement la grande
question de savoir si M. de Saint-Martin, après avoir reçu
le bonnet de mandarin, peut refuser d'aller à Siam.
Enfin le Lieutenant-Général trouve une raison tirée du
fond de la cause, *e visceribus causæ* : c'est un médecin
que le Roi de Siam croit trouver dans M. de Saint-Martin ;
or M. de Saint-Martin n'est pas du tout médecin. Le
Doyen de la Faculté de médecine s'empresse de déli-
vrer à l'abbé une attestation de son ignorance en fait
de médecine, pour lui valoir partout et jusqu'au bout
du monde, « hic et ubique terrarum, » et l'intendant
envoie chercher une escorte de grenadiers pour pro-
téger M. de Saint-Martin contre les entreprises de l'ambassadeur. Les grenadiers se rendent bien armés chez
M. de Saint-Martin, et montent la garde à sa porte.

L'abbé veut rendre visite à l'ambassadeur ; l'hôtesse
qui avait le mot, envoie le nouveau mandarin au bout
de la ville où les étudiants, tapis dans une grange soi-
gneusement fermée, se mettent à braire de façon à
imiter le cri de l'éléphant. Saint-Martin qui croit l'avoir
vu à travers une fente de la porte, accepte les félici-
tations de toute la ville et se prépare à recevoir le
fameux bonnet.

Cette comédie se termine par un souper que M. Gonfrey eut soin de faire payer à son cher cousin. On avait

envoyé au Chancelier l'attestation du Doyen de la Faculté de médecine ; on fit venir de Paris (Saint-Martin le
crut) une lettre de cachet de la part du Roi, qui ne
voulait pas priver son royaume d'un aussi grand médecin, et faisait défense à Saint-Martin d'aller à Siam.
L'abbé fut ravi; M. Gonfrey voyait là un *casus belli*
entre le Roi de France et le Roi de Siam; mais le souper
raccommoda tout. Il fut magnifique et coûta plus de
cinq cents livres. Saint-Martin reçut à genoux le bonnet
pyramidal, fourré par dedans de peaux de lapin, en-
vironné de trois cercles d'or, comme pour un mandarin
du premier ordre, et surmonté d'une houppe très-belle
et très-éclatante. Cette cérémonie fut accompagnée des
circonstances les plus divertissantes; la maison était
remplie de monde et tout fut public. Jamais peut-être
pareil spectacle ne fut donné à une ville.

M. de Saint-Martin était au comble de la joie; il était
mandarin, et il n'allait pas à Siam. Ses héritiers s'avisèrent de troubler son bonheur; ils présentèrent une
requête en justice pour le faire mettre en curatelle.
L'affaire fut plaidée, et l'avocat de M. de Saint-Martin,
pour prouver les bonnes intentions de son client à
l'égard de ses héritiers, demanda acte de l'abandon
qu'il leur faisait, par avance de succession, de son
riche marquisat de Miskou dans la Nouvelle-France.
Voilà tout le profit que les héritiers tirèrent de ce
procès.

M. de Saint-Martin ne renonça pas à faire parler de
lui, et il mourut trois ans après, bien persuadé qu'il
était mandarin du royaume de Siam.

Dans une épître dédicatoire aux habitants de la ville

de Caen, Porée a évoqué l'ombre de Saint-Martin, et
cette ombre se plaint amèrement de l'oubli dans
lequel sont tombés ses ouvrages, de l'abandon auquel
sont vouées les statues élevées par ses soins : « On n'a
« pu souffrir que le Prince des démons demeurât ter-
« rassé sous les pieds du grand saint Michel mon pa-
« tron! Il semble que l'on ait eu honte de la défaite
« de cet ange superbe qui prétendait s'égaler à Dieu.
« O douleur! on a fait main basse sur les quatre Évan-
« gélistes qui ornaient le puits placé devant les Croi-
« siers; le Sauveur du monde de la place de St.-Pierre
« ne saurait plus bénir les passants, ayant perdu la
« main droite ; celui de la place St.-Sauveur est privé
« de l'instrument de notre salut, qu'il offrait aux yeux
« de ces malheureux que leurs crimes conduisent au
« supplice; le saint Martin de la porte de Bayeux, le
« grand Thaumaturge dont ma famille portait le nom,
« a perdu les symboles de son autorité épiscopale. »

Tout ce morceau est une heureuse imitation de
l'épître au comte de Gramont.

L'Avertissement, les quatre Discours préliminaires,
la Conclusion sont intéressants pour l'histoire de la ville
de Caen et même pour l'histoire littéraire. On y trouve
sur le médecin de Lorme, père de la célèbre Marion,
des détails qu'on chercherait vainement ailleurs (1).

(1) V. cependant les Remarques de Joly sur le Dictionnaire de
Bayle. Le passage suivant de la *Mandarinade* nous fait connaître
l'origine de Marion de Lorme, et doit servir à rectifier l'article de
Beuchot sur Marion , dans la *Biographie universelle :* « Une fille
« naturelle et depuis légitimée, avec le droit de prendre le nom et
« les armes de son père, fut le fruit précoce d'une folle passion.

L'abbé Porée mourut à Caen, le 17 juin 1770. Il avait quatre-vingt-cinq ans. On voit que cette longue existence fut bien remplie (1).

Un noble mouvement porte aujourd'hui les esprits vers l'étude du passé. Les diverses parties de l'ancienne France, réunies en un faisceau indissoluble, revivent dans leur histoire, que de savants travaux mettent en lumière; tous les hommes qui ont bien mérité de leur patrie, reçoivent un digne hommage. La ville de Caen compte un grand nombre d'illustrations parmi lesquelles les deux Porée, trop peu connus peut-être, tiennent un rang distingué. La vie et les ouvrages de deux hommes de bien offrent toujours un utile enseignement. Honneur aux citoyens qui le propagent, et dont les encouragements éclairés favorisent cette heureuse tendance des esprits! Ils donnent eux-mêmes un exemple qu'il sera glorieux de suivre.

« C'est la fameuse Marion de Lorme... » Ce fait curieux est tiré du chapitre intitulé : *Portrait en petit de M. de Lorme*, dans l'ouvrage de Saint-Martin : *Moyens faciles et éprouvés... pour vivre près de cent ans* (1682). Saint-Martin avait beaucoup connu de Lorme. — Beuchot a suivi Dreux-du-Radier, qui fait naître Marion, en 1612 ou 1615, d'une famille bourgeoise de Châlons en Champagne. On a cru découvrir récemment (mars 1854), à Blois, l'acte de naissance de Marion; l'erreur est évidente. — On a fait vivre Marion 130 ans : elle doit peut-être la longue existence dont on l'a gratifiée, à la réputation qu'avait son père de posséder les *moyens faciles et éprouvés*, recueillis par Saint-Martin; mais il est douteux qu'elle les ait mis en usage, pas plus que Ninon, qui n'en a pas moins vécu jusqu'à près de 90 ans.

(1) L'abbé Porée a laissé pour une nouvelle édition du *Dictionnaire de Trévoux*, de nombreuses corrections et additions. Voir la *Biographie de Ch.-G. Porée*, publiée par M. J. Travers, en février 1854.

CORRECTIONS.

Page 21, ligne 24 de la note : *mourut*, lisez *mourant*.

P. 30, lig. 19 : *dans son*, lisez *dans un*.

P. 35, lig. 9 de la 2ᵉ. note : 1717, lisez 1716.

Ib., lig. 12 : 1713), lisez (1713).

P. 52, lig. 4 de la note : *Balechon*, lisez *Balechou*.

P. 58, lig. 3 : *flamand*, supprimez ce mot.

P. 64, lig. 26 : *Enfin*, supprimez ce mot.

ADDITIONS.

P. 5, note 2 : « Ils étaient fils, etc. » L'exacte et curieuse notice de M. Julien Travers sur Ch.-G. Porée nous permet de rectifier cette généalogie. Charles, le jésuite, Gabriel, l'abbé, et Augustin, le chartreux, étaient fils de Thomas Porée et de Magdeleine Richer, ainsi que Thomas, sieur du Buisson, lieutenant au régiment de cavalerie du Maine. Anne Porée, dame de la Meslière, fille de Thomas, sieur du Buisson, et d'Anne Challemel, était donc la nièce du P. Porée, de l'abbé Porée et d'Augustin. Elle avait un frère, Augustin-Charles, sieur du Buisson.

P. 15, lig. 5 de la 1ʳᵉ. note : « Nous ne parlons pas de quelques vers, etc. » Il y a encore : *Argumenta Carminum in Ludovici XV et Mariæ nuptias*, 1726, in-4°. ; *Cerebrum, carmen*, ed. Cl. Griffet.

P. 42, lig. 7 : « Dans un discours, etc. » Un passage de ce discours, où le P. Porée appelle Racine *Veneris columbulus*, a excité l'indignation de Racine fils. V. les *Réflexions sur la poésie*, et les *Mémoires sur la vie de J. Racine*.

P. 44, lig. 14 : « Cette tendance réprimée, etc. » C'est le lieu de citer cette anecdote, rapportée par Desessarts dans *Les siècles littéraires de la France* : « Le fameux Tribou, autrefois son élève, « en entrant à l'Opéra, vint le voir et lui avoua le parti qu'il avait

« pris. Le Père gémit sur cette destinée de son élève, et l'exhorta
« du moins à la vertu qui peut être de tous les états. Puis, entraîné
« par son goût pour les arts, il veut juger par lui-même de ce que
« ce jeune homme pouvait attendre du parti qu'il avait embrassé :
« Tribou chanta un air fort tendre; le charme du talent produisit
« tout son effet sur le bon et sensible vieillard, deux ruisseaux de
« larmes coulaient de ses yeux; il embrassa Tribou en s'écriant ;
« Ah ! malheureux, vous ne sortirez jamais de là ! »

P. 50, lig. 27 et 28 : « Certaines paroles. » Peut-être ces mots
de Porée à Desfontaines, au sujet de Voltaire : « C'est ma gloire et
ma honte. »

P. 67, lig. 25 : « D'une cité célèbre, etc. » Ce pays est beau, et
Caen la plus jolie ville, la plus avenante, la plus gaie, la mieux
située, les plus belles rues, les plus beaux bâtiments, les plus belles
églises; des prairies, des promenades, et enfin la source de nos plus
beaux esprits. » (*Sévigné*, Lettres, Caen, jeudi, 5 mai 1689.)

P. 68, lig. 7 : « Il ne nous appartient pas, etc. » Nous savons
que M. Julien Travers, secrétaire de l'Académie des sciences, arts
et belles-lettres de Caen, recueille les matériaux de cette histoire,
si curieuse sous le rapport littéraire.

(Extrait des Mémoires de l'Académie des Sciences , Arts et Belles-
Lettres de Caen).

Caen, Imp. de A. Hardel. Avril 1854.

OUVRAGES EN VENTE

Chez A. HARDEL, imprimeur-libraire, rue Froide, à Caen.

ABÉCÉDAIRE, ou RUDIMENT D'ARCHÉOLOGIE, par M. DE CAUMONT; 1 vol. in-8°. avec 500 gravures, 2e. édition. Prix : 7 fr. 50 c.

FLORE DE LA NORMANDIE, par M. A. DE BRÉBISSON, membre de plusieurs sociétés savantes. — PHANÉROGAMIE. — Un volume in-12, seconde édition, prix : 6 fr.

BULLETIN MONUMENTAL, ou collection de mémoires et de renseignements pour servir à la confection d'une statistique des monuments de la France, classés chronologiquement par M. DE CAUMONT. In-8°. avec planches. Prix, franc de port : 15 fr. par an.

STATISTIQUE MONUMENTALE DU CALVADOS, in-8°. orné de gravures. Les deux premiers volumes sont en vente.

COURS D'ANTIQUITÉS MONUMENTALES, par M. DE CAUMONT. 6 volumes in-8°. et atlas; chaque volume se vend séparément avec un atlas. Prix : 12 fr.

HISTOIRE DES DUCS ET DU DUCHÉ DE NORMANDIE, 1 vol. format in-18 anglais. Prix : 1 fr. 60. br.

ANTIQUITÉS DE LA VILLE DE CAEN, par DE BRAS, 1 vol. in-8°. sur raisin. Prix : 10 fr.

MÉMOIRES DE LA SOCIÉTÉ DES ANTIQUAIRES DE NORMANDIE. 2e. série, 1er., 2me., 3me. et 4me. volumes in-4°. avec planches. Prix : 15 fr. chacun.

MÉMOIRES DE LA SOCIÉTÉ LINNÉENNE DE NORMANDIE. 8 vol. ont paru. Prix de chacun : 12 fr.

POÉSIES DE SARASIN, avec portrait. 1 vol. in-8°. Prix : 2 fr. 50 c.

POÉSIES DE SÉGRAIS, 1 vol. in-8°. avec un beau portrait de l'auteur. Prix : 2 fr. 50 c.

LE DROIT CIVIL DES JUGES DE PAIX ET DES TRIBUNAUX D'ARRONDISSEMENT, par M. J.-F. VAUDORÉ, avocat. 3 vol. in-8°. Prix : 18 fr.

ELOGE DE CHORON, par M. GAUTIER. Broch. in-8°. Prix : 1 fr.

TRAITÉ D'AGRICULTURE, par M. DUDESERT. Prix : 2 fr.

www.ingramcontent.com/pod-product-compliance
Lightning Source LLC
Chambersburg PA
CBHW060438260626
47161CB00005B/1984